Gisa Seeliger

Gilbys Versprechen

Band 2

Ein Junge aus Midgard

im Wirrwarr der Prophezeiungen

Gisa Seeliger

Gilbys Versprechen

Ein Junge aus Midgard

im Wirrwarr der Prophezeiungen

Fantastisch Sagenhaftes aus

der nordischen Mythologie

Jugendroman

Impressum

Bibliografische Information der Deutschen Nationalbibliothek:
Die Deutsche Nationalbibliothek verzeichnet diese Publikation in der Deutschen Nationalbibliografie; detaillierte bibliografische Daten sind im Internet über http://dnb.dnb.de abrufbar.

© 2022 Gisa Seeliger

Herstellung und Verlag: BoD – Books on Demand, Norderstedt

ISBN: 978-3-7557-5373-5

Inhalt

Die neue Reise

Ein weiterer Winter war vergangen. Erste Kräuter brachen den Boden auf und streckten ihre Köpfe gierig der Sonne entgegen. Sorgsam wählte Gilby die kräftigsten Pflanzen aus und legte sie in seinen Korb. „Dein Korb ist schon wohl gefüllt", vernahm er eine altbekannte Stimme.

Gilby schaute auf und erblickte erstaunt den Wanderer.

„Odin! Was machst du hier?"

„Ich erwarte dich nach zwei Monden am Thingplatz", bestimmte der Allvater.

„Weshalb?", fragte Gilby.

„Sei einfach dort und du wirst es erfahren." Mit diesen Worten wendete sich der Gott ab.

Gilby raufte sich den roten Schopf. Was hatte das zu bedeuten? Eine leise Ahnung keimte in ihm auf.

„Odin will bestimmt wissen, wo der Fenriswolf ist", überlegte er. Seit er den Wolf befreit hatte, war dieser im Eisenwald bei seiner Mutter, der Riesin Angurboda. Aber danach hätte Odin doch gleich fragen können. Doch der Gott ahnte wohl, keine Antwort zu erhalten. Dachte er etwa, Gilby würde den Wolf verraten, nachdem er ihn befreite? Es musste noch etwas anderes dahinter stecken.

Gilby kehrte mit seinem Korb in die Siedlung zurück. Seine Mutter Sirid nahm die Kräuter erfreut entgegen, sah aber zugleich das bedrückte Gesicht ihres Sohnes.

„Was ist los, Gilby?", fragte sie.

„Odin hat mich aufgesucht. Er erwartet mich nach zwei Monden am Thingplatz. Weshalb, weiß ich nicht."

Sirid schlug sich die Hände vor ihr Gesicht. „Oh nein, Gilby. Du wirst mich schon wieder verlassen."

Sirid wusste, dass sie ihren Sohn nicht aufhalten konnte.

„Wann wirst du aufbrechen?"

„Morgen früh."

„Dann koche ich jetzt eine kräftige Suppe und backe ein Brot", beschloss Sirid.

Gilby bedankte sich bei seiner Mutter und ging eine Ziege melken.

Am nächsten Morgen machte er sich mit seinem Bündel auf den Weg. Zwei Raben kreisten krächzend über ihn.

„Hallo Hugin, hallo Munin", begrüßte Gilby die Vögel. „Ihr könnt Odin sagen, dass ich unterwegs bin."

Eilig flogen die Raben davon und Gilby wanderte weiter zu dem Weltenbaum Yggdrasil, an dem sich der Thingplatz befand. Er kannte den Weg bereits. Am Thing warteten Odin mit seinen Raben, Tyr und

Uller. Alle schauten finster drein, was nichts Gutes verheißen ließ.

Uller ergriff das Wort: „Du hast eigenmächtig entgegen dem Eid gehandelt, indem du den Fenriswolf befreitest. Ich fordere den Eidring von dir zurück."

Gilby sah dem Gott seinen Zorn an.

„Ich habe nicht gegen den Eid gehandelt. Ich tat alles, um mein Versprechen zu halten. Du hast es mir bestätigt."

„Zu dem Zeitpunkt wusste ich nicht, dass du den Fenriswolf befreit hast. Das gehörte nicht zu der Aufgabe, den Eid mit Ansinnen und Taten zu erfüllen", rügte Uller den Jungen. „Mit deinem eigenmächtigen Handeln gefährdest du uns alle. Du bist nicht würdig, den Eidring zu tragen. Gib ihn mir zurück."

Uller streckte die Hand aus, um den Eidring in Empfang zu nehmen. Doch Gilby dachte nicht im Traum daran und legte seine andere Hand schützend darüber.

„Gefährdet habt ihr euch selbst mit euren falschen Versprechen an Fenris", entglitt es Gilby aus dem Mund. „Und jetzt fürchtet ihr seine Rache und ich soll für eure Schandtaten büßen. Ich habe nichts getan, was den Eid gefährdete."

Odin mischte sich ein: „Du richtetest mutige Worte an mich und auch nun scheust du dich nicht, deine

Meinung zu sagen. Beweise uns, dass wir keine Furcht vor Fenris haben müssen."

„Das kann ich nicht", gab Gilby kopfschüttelnd von sich. „Ihr habt dem Wolf jahrelange Pein zugefügt und könnt nicht ernsthaft erwarten, dass er euch wie ein dummes Lamm gegenüber tritt."

„Sicher nicht. Wir warten aber auch nicht darauf, dass Fenris mit Hilfe seines listigen Vaters Loki aufkreuzt und uns zerfleischt."

„Da spricht das schlechte Gewissen des Allvaters", platzte Gilby es heraus und schlug sich sofort die Hand vor den Mund.

„Vorsichtig, Nordjunge", ermahnte Odin mit finsterem Blick. „Du weißt, wo Fenris ist?"

„Ja", gab Gilby zu.

„Dann bringe ihn her."

„Niemals."

„Wir versprechen dir, ihm nichts zu tun."

„So wie ihr dem Wolf versprochen habt, Gleipnir zu lösen, sollte er es selbst nicht schaffen?" Gilby wunderte sich selbst über seinen Mut, der sogleich von Odin bestätigt wurde.

„Du bist mutig, Nordjunge. Das habe ich schon erkannt, als du dich selbst Ägir geopfert hast. Dennoch… wir können nicht dulden, dass Fenris frei ist. Bringe ihn her."

„Das wird Fenris nicht wollen."

„Nun, du konntest ihn befreien, ohne von ihm gefressen zu werden. Das lässt mich vermuten, dass der Wolf auf dich hört."

Gilby raufte sich den roten Schopf und überlegte fieberhaft, wie er aus der Sache herauskommen sollte.

„Wenn du den Eidring behalten willst, musst du tun, was wir sagen", forderte Uller. „Sonst gebe ihn her und dann weißt du, dass mein Zorn dich treffen wird."

Das war wieder typisch. Da läuft was nicht nach dem Geschmack der Götter und schon werden die Regeln geändert. Doch Gilby wollte lieber nicht wissen, wie sich Ullers Zorn zeigen würde und den Eidring wollte er erst recht nicht abgeben.

„Na gut", willigte er zerknirscht ein.

„Dann verspreche, dass du Fenris her schaffst", forderte Uller.

„Ich verspreche es", bestätigte Gilby, obwohl er nicht die geringste Ahnung hatte, wie er dies bewerkstelligen sollte. Und ihm war schon jetzt bewusst, dass er Fenris nicht der Willkür der Götter aussetzen würde.

„Eine gute Entscheidung, Nordjunge." Odin strich zufrieden an seinem Bart. „Ich vermute, Fenris ist nicht gerade um die Ecke versteckt. Du bekommst ein Reisegefährt.

„Skidbladnir?", fragte Gilby hoffnungsvoll.

„Nein, das Schiff ist wieder bei Frey und der dümpelt bei den Feen herum. Du wirst mit Thor reisen. Dann hast du auch gute Verstärkung dabei."

„Oh nein", rief Gilby. „Nicht dieser Holperwagen!"

Odin ging nicht darauf ein und sandte Hugin und Munin aus. „Gebt meinem Erstgeborenen Bescheid, dass er erscheinen möge."

Während die Raben eilig Kurs auf Asgard nahmen, wartete die Gruppe schweigend. Gilbys Gedanken rotierten. Wie sollte er den Wolf überzeugen, mit ihm zu kommen? Wie nur sollte er dieses Versprechen halten, ohne Fenris zu gefährden? Was würden die Götter mit dem Wolf machen? Er traute ihnen nicht und befürchtete, das Versprechen voreilig gegeben zu haben. Er bezweifelte auch, ob der Donnergott die richtige Begleitung war. Fenris würde auch Thor hassen oder Thor könnte Fenris mit Mjölnir erschlagen. Deprimiert sackten seine Schultern nach vorne und er ließ den Kopf hängen.

Auch die Götter waren nicht froh gestimmt. Zwar hatten sie erreicht, dass Gilby sein Versprechen gab, doch auch sie wussten nicht, ob er es umsetzen würde. Und solange Fenris frei war, fühlten sie sich nicht sicher.

Das rollende Geräusch von heran nahenden Rädern ließ Gilby aufblicken. Ein Wagen kam die Regenbogenbrücke Bifröst herunter. Gilby wischte sich die Augen, als könne er nicht richtig sehen. „Was ist das denn?", rief er aus.

Der Wagen war dreimal größer als das Donnergefährt, welches er kannte. Thor stand vorne und peitschte die Zügel, die nicht den Ziegenböcken umgelegt waren, sondern zwei Wölfen. Die Böcke Tanngnjostr und Tanngrisnir standen hinten auf dem Wagen, zwischen sich ein großes Bündel Heu, an dem sie begeistert zupften. Zwischen Thor und Ziegen erblickte Gilby einen Jungen und ein Mädchen. Der Junge mochte ebenso viele Winter durchlebt haben wie Gilby. Das Mädchen war etwas kleiner.

Gilby wuschelte sich seinen roten Schopf. Was hatte das zu bedeuten?

„Da staunst du, was Gilby?", feixte Odin. „Ich habe einen neuen Wagen zimmern lassen und überlasse dir und Thor meine Wölfe Geri und Freki als Zugtiere. Sie sind schneller als die Böcke, sie ermüden nicht, sind sehr stark und kampflustig."

Gilbys Finger durchwühlten immer noch sein Haar, als würde er darin die Antwort auf seine Fragen finden.

„Ähm… ja", brachte er nur heraus.

Thor sprang mit seinem Gefolge vom Wagen. Die Ziegenböcke liefen blökend auf Gilby zu und stupsten ihn freudig mit ihren Hörnern an. Abwesend klopfte Gilby ihnen den Hals.

„Das sind Thialfi und Röskva", stellte Thor die beiden Kinder vor. „Es sind meine Ziehkinder, die mich neuerdings ständig begleiten."

Gilby begrüßte die beiden höflich, aber verwirrt.

„Sie kommen auch mit?", fragte er.

„Ja. Ich sagte doch, sie begleiten mich ständig."

„Das geht nicht", wandte Gilby ein. Wusste er nur zu gut um die Gefahren, die unterwegs lauerten.

„Doch, das geht sehr gut", meldete sich Röskva zu Wort, zwirbelte dabei an ihren geflochtenen Zöpfen und zwinkerte Gilby zu. Der schaute fragend zu Thor auf.

„Na also. Da hörst du's", stellte der Donnergott zufrieden fest.

„Und die Ziegenböcke?", wollte Gilby wissen.

„Kommen auch mit."

„Damit wir zu essen haben", fügte Thialfi hinzu und senkte beschämt den Kopf.

„Ihr wollt Tanngnjostr und Tanngrisnir schlachten?", entrüstete Gilby sich.

„Das können sie ab. Solange ihnen niemand das Knochenmark auslutscht", sagte Thor mit strafendem Blick auf Thialfi.

Gilby verstand das alles nicht. Aber er würde schon dahinter kommen. Die Wölfe bereiteten ihm Sorgen. Wie würde Fenris auf sie reagieren? Oder die Wölfe auf Fenris, wenn sie kampflustig sind? Sie hatten auch eine stattliche Größe, zwar nicht so wie Fenris, aber dafür waren sie zu zweit.

„Fliegen die Wölfe?", fragte Gilby.

„Nein, ausnahmsweise nicht. Und doch sind sie fliegend schnell", kommentierte Odin.

Gilby wusste nicht, ob ihn das beruhigen sollte. Er dachte an den Fluss, der den Eisenwald von Midgard trennt. Wie sollten sie dort hinüber kommen ohne zu fliegen und ohne Skidbladnir?

„Also gut. Wo müssen wir hin?", fragte Thor, den die Ungeduld plagte.

Gilby schüttelte den Kopf und zeigte auf Odin, Uller und Tyr.

„Er misstraut uns", grummelte Odin.

„Soll er. Reicht ja, wenn ich es gleich weiß", stellte Thor trocken fest. „So, alle aufsteigen!"

„Ist es nicht zu gefährlich für Thialfi und Röskva?", sicherte Gilby sich ab.

„Schau her, Gilby. Ich habe Mjölnir, der mich unbesiegbar macht. Ich habe meinen Eisenhandschuh, um Mjölnir zu führen und ich habe meinen Zaubergürtel, der mir ungeahnte Kräfte verleiht. Ich bin wohl imstande, euch alle zu schützen."

„Klingt gut", gab Gilby sich geschlagen, doch voller Zweifel begab er sich mit den anderen auf den Wagen.

Odin tätschelte noch einmal seine Wölfe, bevor Thor die Zügel gab. Schon nach wenigen Ellen erreichten sie ein Tempo, welches den Wagen vom Boden abheben ließ. Gilby war erleichtert, so nichts von den holprigen Wegen zu spüren.

„So, raus damit, Nordjunge. Wohin müssen wir?", drängelte Thor.

„In den Eisenwald."

„Mir bleibt auch nichts erspart", stöhnte Thor. „Sag nicht, Fenris ist bei der Riesin Angurboda."

„Doch, genau dort ist er. Bei seiner Mutter."

„Und du bist dir wirklich sicher?"

„Ja, Fenris war schon dort, als du mit Tyr dort aufkreuztest und Loki erschlagen wolltest", antwortete Gilby.

Thors Gesicht färbte sich ebenso rot wie sein Haar. Er war geneigt, Gilby am Wams zu packen und den Jungen durchzuschütteln.

„Du bist genauso eine falsche Natter wie Loki", schimpfte er. „Steht mir da beide scheinheilig gegenüber, als ob ihr von nichts eine Ahnung hättet."

„Da wusste ich noch nicht, dass Fenris dort ist", rechtfertigte Gilby sich.

„Aha. Also hat ihn dann doch der Listige dorthin geschafft. Wusste ich's doch, dass dieser zertretene Misthaufen dahinter steckt", wütete Thor.

„Ich hab Fenris nur befreit, mehr nicht. Dass Loki seinen Sohn vor euch Göttern in Sicherheit bringen wollte, ist ja wohl verständlich."

„Pah, das ich nicht lache. Wenn ich diesem Möchte-gern-Asen den Kopf einschlage… das ist verständlich."

„Er ist Odins Blutsbruder", erinnerte Gilby den Donnergott.

„Weil auch Odin auf seine List herein fiel. Eingeschlichen hat er sich bei uns. Ich hab gewusst, dass er Unglück über Asgard bringen wird." Wütend peitschte Thor die Zügel und die Wölfe beschleunigten das Tempo.

„Wie kann es sein, dass Odin zu seinen Wölfen gut ist, den Fenriswolf aber fesseln ließ?", philosophierte Gilby. „Schließlich hatte er Fenris schon als Welpen und ich habe nichts davon gehört, dass er bösartig war. Hatte Odin Geri und Freki auch von klein auf?"

„Nein, Geri und Freki waren ausgewachsen, als sie zu Odin kamen."

„Dann kannte Odin die Wölfe gar nicht und nahm sie trotzdem auf?", hinterfragte Gilby.

„Hmmm… naja… es war etwas merkwürdig. Wir Götter waren im Eisenwald auf der Suche nach einem Riesenweib, welches es zu töten galt. Wir fanden die Riesin an einer Feuerstelle. Zwei Wölfe waren bei ihr. Als sie uns witterten, rannten sie zähnefletschend auf uns zu. Ich schwang schon Mjölnir. Doch plötzlich legten sich die Wölfe demütig zu Odins Füßen. Seitdem sind sie bei ihm."

„Ach so… Fenris war also nicht demütig genug", gab Gilby trocken von sich. „Was geschah mit der Riesin?"

„Sie verfluchte die Wölfe. Flammen ihrer Feuerstelle griffen nach ihr und sie verbrannte."

„Und wie kommst du zu Thialfi und Röskva?", forschte Gilby weiter.

„Sie wurden mir von einem armen Bauernpaar übergeben."

„Wie? Einfach so? Nur weil sie arm waren, gaben sie ihre Kinder weg?"

Thor zuckte nur mit den Achseln. Offensichtlich hatte er keine Lust, darüber zu sprechen.

Also wandte Gilby sich an Thialfi und Röskva.

„Vermisst ihr eure Eltern nicht?"

„Doch schon", antwortete Röskva. „Aber sie sind sehr arm. Bei Thor haben wir es besser und immer zu essen."

„Eure Eltern sind doch bestimmt traurig ohne euch?" Gilby dachte an seine Mutter, als er so lange fort war und es jetzt vielleicht wieder sein würde.

„Natürlich. Aber sie wissen auch, dass wir es bei Thor besser haben und gut versorgt werden", erklärte Thialfi. „Unsere Eltern sind nur arme Bauern. Ich war auch so hungrig, dass ich den Knochen gebrochen habe, um das Mark heraus zu schlürfen, obwohl Thor es verboten hat. Und nun humpelt einer der Böcke."

„Was soll das hei…"

„Schluss jetzt mit dem Geschwätz", fuhr Thor dazwischen.

Alle schwiegen betreten. Gilby überlegte, was es mit der Geschichte auf sich haben könnte. Etwas war faul daran. Warum wollte Thor nicht darüber sprechen? Und auch die Sache mit den Wölfen ging Gilby nicht aus dem Kopf.

„Wie weit fahren wir?" fragte Gilby.

„Direkt zur Angurboda", erwiderte Thor. „Ich sagte doch, die Wölfe ermüden nicht."

„Das wird wohl nichts", warf Gilby ein. „Ein Fluss trennt Midgard und den Eisenwald. Wie sollen wir darüber kommen? Ich konnte ihn nur mit Skidbladnir überqueren."

„Wir brauchen Skidbladnir nicht", antwortete Thor. „Aber du hast recht. Vor dem Fluss werden wir eine kurze Pause einlegen. Ich muss auch mal was futtern."

„Du hast nur essen und trinken im Hirn", sagte Gilby kopfschüttelnd. „Bis wir im Eisenwald sind, wird es dunkel sein."

„Das ist doch egal, Nordjunge. Im Eisenwald ist es sowieso dunkel."

Gilby war erstaunt, wie schnell sie das Ende von Midgard erreicht hatten. Thor brachte die Wölfe zum Stehen und der Wagen schlug ein paarmal hart auf. Gilby sprang herunter und ging zu dem nahen Fluss, der wie damals wild gurgelte. Erinnerungen an seine erste Reise wurden wach. Er dachte an Naira, die ihn durch den Eisenwald begleitete. Er vermisste sie und ihr bissiges *Nordjunge*.

Thor hatte inzwischen seinen Vorratssack ausgeschüttet und schmatzte vor sich hin. Thialfi und Röskva waren auch am Essen. Abgenagte Knochen warfen sie den Wölfen zu. Die Ziegenböcke zupften sich das Gras vom Boden. Gilby begnügte sich mit Brot und Ziegenkäse. Seine Hühnerbeine spendierte er den Wölfen.

Thor rülpste laut und mahnte zum Aufbruch. Gilby war es immer noch ein Rätsel, wie sie über den Fluss kommen sollten. Alle hatten wieder ihren Platz auf dem Wagen eingenommen – bis auf Thialfi. Er ging nach vorne zu den Wölfen und redete leise auf sie ein. Dann nahm er Anlauf, setzte zum Spurt an und sprang über den Fluss. Gilby riss vor Staunen

Mund und Augen auf. Er konnte nicht unterscheiden, wo sich Thialfi wirklich befand, so schnell bewegte er sich. Es war, als sehe er ihn mehrfach.

Thialfi klatschte in die Hände und rief: „Geri, Freki, hierher!"

„Das glaub ich jetzt nicht", dachte Gilby entsetzt und klammerte sich fest. Die Wölfe rannten, setzten vor dem Fluss zum Sprung an und zogen den Wagen fliegend hinüber. Mit Getöse krachte dieser auf der anderen Seite auf den Boden und wurde sogleich vom Tempo der Wölfe wieder hoch gezogen.

„So viel zu Skidbladnir", griente Thor.

„Wir sollten langsamer fahren", fand Gilby.

„Warum?"

„Weil im Eisenwald Gefahren lauern." Gilby dachte an den giftigen Spinnenbart. Wäre Naira nicht gewesen, würde seine sterbliche Hülle in einem Kokon eingewickelt dort hängen.

„Du vergisst, dass Geri und Freki aus dem Eisenwald stammen. Es ist ihre Heimat", erinnerte Thor den Jungen.

Gilby war trotzdem unwohl, wie die hohen Stämme des Eisenwaldes an ihnen vorbei flogen. Die Bäume standen so dicht, dass es ihm wie ein Wunder vorkam, dass die Wölfe bei dem Tempo nicht dagegen krachten. Über das dichte Buschwerk flogen sie hinweg oder rissen die Gewächse im Lauf einfach aus der Erde. Ab und zu vernahm er ein wütendes Ächzen und Knurren. Doch bevor er die Geräusche einordnen konnte, waren sie schon um Ellen weiter. Der Wald wurde lichter und gab den Blick auf Berge frei. Gilby erkannte schon von weitem Angurbodas Höhle. Thor zog die Zügel an und die Wölfe wurden langsamer, bis sie stehen blieben.

„Dann wollen wir mal", verkündete Thor, zog seinen Eisenhandschuh an und griff nach Mjölnir.

„So doch nicht", schimpfte Gilby. „Ich gehe allein."

„Bist du irre, Nordjunge? Willst du dir von der Riesin den Kopf abreißen lassen?"

„Wird sie nicht. Du bist auch vergesslich, Donnergott", kam die Retourkutsche. „Ich befreite ihren Sohn. Sie wird mir nichts tun."

Widerwillig zog Thor den Eisenhandschuh aus. „Du gönnst mir aber auch nicht den geringsten Spaß", maulte er.

„Schlag dir den Wams inzwischen voll. Dann hast du auch Spaß."

„Gute Idee. Aber sag dem Riesenweib, wenn sie Fenris nicht rausrückt, schlage ich ihr den Kopf ein."

Gilby sagte dazu nichts und machte sich auf den Weg zu Angurbodas Höhle. Er ging auch nicht davon aus, dass sie ihren Sohn herausgeben würde.

Vor der Höhle lag der Wolf Skalli. Hati würde sicher den Mond jagen. Skalli erhob sich und knurrte Gilby an.

„Was ist los, Skalli", ertönte aus der Höhle eine heisere Stimme.

„Ich bin's. Gilby..."

Angurboda tauchte auf und guckte Gilby schief an, danach schaute sie in die Runde und entdeckte den Wagen.

„Was zum Teufel geht hier vor?", knirschte sie. „Was sucht der Rotbärtige hier? Mit Kindern? Wenn der sich einbildet, er kann die Bälger gegen Fenris tauschen, sag ihm, dass der Weg umsonst war." Sie funkelte Gilby böse an. „Und du hast verraten, dass Fenris bei mir versteckt ist."

„Nur Thor weiß es", erwiderte Gilby. „Ich musste es ihm sagen, um hierher zu kommen. Skidbladnir habe ich nicht mehr und Loki ist auch verschwunden."

„Wie dumm bist du? Wenn Thor es weiß, wissen es bald alle. Und was willst du hier überhaupt?"

„Fenris holen. Ich muss ihn zurück bringen."

Angurboda lachte so laut und kehlig, dass es Gilby schauderte. Abrupt hielt sie inne und zischte: „Halte mich nicht für schwachsinnig. Ich wusste, dass man Fenris bei mir suchen wird. Er ist nicht mehr hier.

Geselle dich zu dem Pack dort hinten und verschwindet, bevor ich ungemütlich werde."

Gilby war fast erleichtert. Fenris war also in Sicherheit. Nur war da ja noch sein Versprechen.

„Wo ist Fenris denn?", fragte er, obwohl er keine Antwort erwartete.

Angurboda schnaubte nur verächtlich und stampfte wortlos in ihre Höhle zurück.

Gilby trottete zurück.

„Wo ist der Wolf?", knurrte Thor.

„Nicht mehr hier. Angurboda hat ihn woanders hin geschafft."

„Machst du Witze? Und das soll ich dir glauben?"

„Naja, sie hat damit gerechnet, dass Fenris zuerst bei seiner Mutter gesucht wird."

„Und sie hat dir natürlich nicht gesagt, wo er jetzt ist?"

„Natürlich nicht."

„Du weißt, dass dich Ullers Zorn trifft, wenn du ohne den Wolf zurückkommst. Also überlege. Wo kann sie ihn hin geschafft haben."

Gilby wuschelte sich den roten Schopf. „Ich kann mir nur vorstellen, dass er in Hel ist."

„Im Totenreich? Das glaube ich nicht", zweifelte Thor. „Wie kommst du darauf?"

„Ich war doch dort. In Hel gibt es auch schöne Orte. Außerdem ist die Hel seine Schwester."

„Hmmm…", gab Thor nachdenklich von sich, während er an seinem roten Bart entlang strich. „Na gut, lass uns nachsehen."

„Wie… nachsehen?"

„Herrje, ob Fenris bei der Hel ist."

„Pfff… man kann nicht einfach nach Hel und *nachsehen*." Wie naiv war der Donnergott denn?

„Wieso nicht?"

„Ich bin durch Nidhöggs Höhle ins Totenreich gelangt. Ohne Ylva und meine Fylgja hätte ich es nicht überlebt", klärte Gilby den Asen auf. „Die Hel brachte mich durch die Halle der Pein und Qualen hinaus. Beide Wege kannst du vergessen."

„Andere Möglichkeiten gibt es nicht?"

„Nur über den Gjöll."

„Gut. Machen wir das", gab Thor unbekümmert von sich.

Gilby schüttelte den Kopf. „Niemals. Der Gjöll ist ein tosender Totenfluss. Nur die Brücke Gjallarbru führt hinüber. Die Riesin Modgud bewacht sie. Allein Verstorbene dürfen über die Brücke."

„Pah…", tönte Thor. „Die Riesin kriegt von Mjölnir einen über den Schädel."

„Wenn Lebende über die Brücke gehen, gibt es kein Zurück mehr."

„Irgendwo wird man doch wohl über diesen Fluss kommen. Hast doch vorhin gesehen, wie das geht."

„Der Gjöll ist anders. Er liegt in einer Schlucht. Die Wölfe können keinen Anlauf nehmen. Außerdem patrouilliert der Höllenhund Garm dort."

Thor schabte mit dem Fuß wie ein ungeduldiges Pferd.

„Was meint ihr?", fragte er Thialfi und Röskva.

„Ich finde, wir sollten uns das ansehen", antwortete das Mädchen. „Bestimmt finden wir einen Weg."

„Na also. Da hörst du's", sagte Thor befriedigt.

Gilby wuschelte sich seinen Schopf. Die Sache missfiel ihm und er wollte weder Mensch noch Tier den Gefahren aussetzen. Andererseits musste er sich selbst überzeugen, ob Fenris in Hel war.

„Gut. Unter einer Bedingung", lenkte er ein.

„Welche?"

„Nur mit Ylva."

„Traust du uns nichts zu, Nordjunge", meckerte Thor.

„Nur mit Ylva", wiederholte Gilby bestimmt. „Ich diskutiere nicht."

„Du bist ein zähes Leder. Wo finden wir Ylva?"

„In ihrer Heimat Lichtalbenheim. Dorthin wollte sie zurück, als wir wieder in Midgard waren."

„Nicht dein Ernst", schimpfte Thor. „Lichtalbenheim liegt auf der anderen Seite von Midgard zwischen Asgard und Vanaheim. Wir toben doch nicht noch einmal durch ganz Midgard zurück. Und am Ende finden wir Ylva womöglich nicht."

„Geri und Freki ermüden nicht", erinnerte Gilby den Gott.

„Du machst mich fertig, Nordjunge. Also gut, lass uns hier erstmal verschwinden. Ich muss bald mal was futtern."

Damit trat die Gruppe die Rücktour nach Midgard an. Gilby hockte sich zu den Ziegenböcken und schaute ihnen beim Heuzupfen zu. So sah er die vorbei fliegenden Bäume des Eisenwaldes nicht.

Thialfi und Röskva

Nachdem sie den Fluss auf die gleiche Weise überquert hatten wie auf dem Hinweg, rasteten sie auf einer saftigen Wiese. Die Böcke grasten und Thor schüttete den Essenssack aus.

„Das sind unsere letzten Vorräte. Die nächsten Male müssen wir uns von den Böcken ernähren."

Gilby fiel diese sonderbare Geschichte wieder ein.

„Dann können wir alles vergessen. Lieber stelle ich mich Ullers Zorn." Er streichelte die Böcke, die freudig blökten.

„Erzähl es ihm", forderte Thor Thialfi auf.

Thialfi senkte beschämt den Kopf. Dann erzählte er: „Thor und Loki kamen zu unserem Gehöft. Sie waren hungrig und müde. Unterschlupf konnten unsere Eltern ihnen geben, aber nichts zu essen. Thor schlachtete Tanngnjostr und Tanngrisnir und..."

„Was redest du?", unterbrach Gilby den Jungen. „Die Ziegen grasen dort quietschfidel."

Thialfi fuhr unbeirrt fort: „Die Böcke wurden zerlegt und gebraten. Endlich hatten wir alle zu essen. Die Felle lagen auf dem Boden. Die Knochen sollten wir heil lassen und auf die Felle werfen. Aber Loki meinte, ich möge doch mal das köstliche Mark aus dem Schenkelknochen probieren. Also zerbrach ich den Knochen und lutschte das Mark aus. Nachdem die Sonne den Mond verjagt hatte, belebte ein Zauber aus Thors Hammer Fell und Knochen. Die Böcke wurden wieder lebendig. Doch der mit dem kaputten Knochen humpelte. Thor kam dahinter, dass ich schuld war und wurde wütend. Er bedrohte unsere Eltern. Sie übergaben uns als Diener an Thor, damit er ihnen nichts tat."

Gilbys Finger wuschelten so dermaßen durch seinen roten Schopf als wolle er ein verfilztes Wollschaf bürsten. Er wusste gar nicht, womit er nach dieser Geschichte anfangen sollte.

„Wie konntest du nur?", platzte es aus ihm heraus.

„Es tut mir so leid", entschuldigte Thialfi sich.

„Zu dir komme ich noch. Ich meine Thor. Wie konntest du Thialfi und Röskva einfach mitnehmen?"

„Langsam, Nordjunge. Sie hatten strikte Anweisung."

„Anweisung! Papperlapapp... Es sind Kinder, Thor. Sie waren hungrig. Und dir fällt nichts Besseres ein, als sie ihren Eltern zu nehmen." Gilby japste kurz nach Luft. „Zu deinem eigenen Vorteil? Weil sie dir dienen sollen? Als hättest du keine anderen Möglichkeiten, der Familie zu helfen und nur Rache im Hirn. Und du, Thialfi, lässt dich von Loki bequatschen. Jammerst über deine ärmlichen Eltern. Faul seid ihr. Meine Mutter und ich haben auch nur ein paar Ziegen, die ich melke. Ich suche Kräuter und Wurzeln. Daraus kocht meine Mutter nahrhafte Suppen. Aber es ist ja einfacher, Tanngrisnir und Tanngnjostr zu schlachten. Diese lieben Tiere. Keinen Bissen werde ich je davon nehmen. Wisst ihr was... fahrt alleine nach Hel. Ohne mich!"

Wütend stapfte Gilby davon. Er würde es schon irgendwie in seine Siedlung schaffen – zu seiner Mutter Sirid.

Hinter ihm blökte es und Hörner stupsten ihn an. Gilby schaute sich um und sah den Wagen mit Geri und Freki, Thor, Thialfi und Röskva einige Ellen hinter sich stehen.

„Verschwindet", rief er.

Röskva sprang vom Wagen und lief zu ihm. „Beruhige dich, Gilby. Es ist in Ordnung."

„Gar nichts ist in Ordnung. Thor nicht, Thialfi nicht und Loki auch nicht."

Röskva drehte an einem ihrer Zöpfe. „Thialfi weiß, dass er einen Fehler gemacht hat. Er schämt sich wirklich sehr. Und Thor hat es sicher verkehrt eingefädelt mit uns. Er ist nun mal ein Tollpatsch. Aber er hat unseren Eltern und uns geholfen. Wir sind gerne bei ihm. Und unsere Eltern brauchen sich nicht mehr sorgen, wie sie uns satt kriegen. Bei Thor wissen sie uns in sicheren Händen."

Gilby dachte an seine Mutter. Sie war sicher voller Sorgen, wenn er fort war. Eigentlich war er auch nicht besser. Nur um den Eidring zu behalten, hatte er sich zu dem Versprechen überreden lassen. Doch da war auch die Furcht vor Ullers Zorn und er hatte nicht die geringste Ahnung, was ihm dann bevorstehen würde.

„Na gut. Fahren wir nach Lichtalbenheim", lenkte er ein. „Die Ziegenböcke esse ich trotzdem nicht."

Röskva fiel Gilby um den Hals und er wurde ganz verlegen. Das Mädchen winkte den Wagen heran.

„Na Junge, wieder friedlich?", lästerte Thor.

„Du wirst jagen", verkündete Gilby.

Der Ase guckte den Jungen verdutzt an. „Wie meinst du das?"

„Jagen, Donnergott. Weißt du nicht, was jagen ist? Nee, natürlich nicht. Dir fliegt immer alles von alleine in deinen Schlund. Beim Ägir, in Asgard. Damit ist jetzt Schluss. Du wirst dein und unser Essen selbst besorgen. Dürfte doch nicht so schwer sein mit Mjölnir. Tanngrisnir und Tanngnjostr werden jedenfalls in meinem Beisein nicht geschlachtet."

Der Donnergott lachte lauthals. „Was ist das jetzt wieder für eine verrückte Idee. Ich hab die Böcke schon so oft geschlachtet und wie du siehst, schadet es ihnen nicht, wenn die Knochen heil bleiben."

„Wenn du dir den Wams vollschlagen willst, wirst du jagen", bestimmte Gilby.

„Lass uns bloß schnell nach Lichtalbenheim. Dort werden wir bestimmt gut bewirtet."

„Faultier", antwortete Gilby nur.

Geri und Freki zogen unruhig am Geschirr.

„Steig auf, Gilby. Die Wölfe wollen rennen."

Wie schon zuvor, raste der Wagen durch die Landschaft Midgards. Gilby hockte sich wieder zu den Ziegen, damit ihm nicht schwindelig wurde.

Schon bald gelangten sie an das Nordmeer am anderen Ende von Midgard.

„Und nun?", fragte Gilby. „Wie sollen wir über das Wasser kommen? Oder können Geri und Freki etwa darüber laufen?"

„Hmmm…", gab Thor nur von sich und stand etwas ratlos herum. „Ich brauch was zu futtern, mit leerem Bauch kann ich nicht nachdenken."

„Jagen…", erinnerte Gilby den Gott.

Thor rümpfte die Nase. „Fangt Fische", befahl er Thialfi und Röskva. „Macht euch nützlich. Und du, Nordjunge, sammelst Feuerholz."

„Und du machst mal wieder gar nichts", maulte Gilby den Asen an.

Thialfi und Röskva begaben sich folgsam zum Wasser. Noch während sie beratschlagten, wie sie Fische fangen könnten, wurden sie von einer Riesenwelle überrollt.

Der Meeresgott Njörd

Aus den Fluten erhob sich ein bärtiger Riese mit zotteligen und nassen Haaren in einem meeresgrünen Gewand. Gleichzeitig kamen kreischende Möwen aus allen Richtungen angeflogen. Thialfi und Röskva rannten zu Thor und versteckten sich hinter ihm.

Thor stapfte auf den Riesen zu. „Njörd, mein Freund, Gott der Winde und des Wassers, Vater der liebreizenden Freya und des schönen Frey", begrüßte er ihn überschwänglich. „Was treibt dich hierher? Hast du dich verschwommen? Ist nicht gerade dein Gefilde hier."

Njörd stieg aus dem Wasser und klopfte dem Donnergott auf die Schulter. „Ich freu mich auch, dich zu sehen. Ist lange her. Fischer riefen mich hierher, um den Stürmen Ägirs Einhalt zu gebieten. Dabei sah ich, dass auch hier meine Hilfe benötigt wird."

„Odin möge deine Fähigkeiten schützen", antwortete Thor.

Gilby, Thialfi und Röskva kamen näher. Scheinbar ging von dem Wasserriesen keine Gefahr aus.

„Ist das ein Gott?", wollte Röskva wissen.

„Und was für einer. Der lässt sogar mich vor Neid erblassen", antwortete Thor. „Er ist nicht nur Gott des Meeres... Ha... er rühmt sich, Gott der Fruchtbarkeit, Schutzgott der Seefahrer und Fischer und obendrauf auch Feuergott zu sein. Das sollte Loki mal zu Ohren kommen. Allerdings ist Njörd nur ein Wane."

„Was soll das denn heißen? Willst du sagen, ihr Asen seid was Besseres?", fragte Gilby.

Thialfi mischte sich ein: „Ich glaube, die Wanen sind klüger und friedlicher. Das hat unser Vater jedenfalls mal gesagt."

„Dann hab ich ja Recht daran getan, euch zu mir zu nehmen, wenn euer Vater euch solch einen Quatsch lehrt."

„Lass gut sein, Thor", lenkte Njörd ein. „Stell mir lieber deine Begleitungen vor und erzähl, was euch hierher führt."

Thor machte Njörd mit den Kindern bekannt. Röskva knickste artig und zwirbelte verlegen an ihren Zöpfen.

„Erstmal haben wir Hunger", verkündete der Donnergott. „Und dann müssen wir nach Lichtalbenheim."

Njörd hob die Hände in Richtung der Möwen, die sich sogleich wie Pfeile in die Fluten stürzten und mit Fischen in den Schnäbeln wieder auftauchten.

„Das wird euren Hunger wohl stillen", sagte Njörd, während die Möwen ihre Beute vor den Füßen der Gruppe nieder purzeln ließ.

„Aber warum müsst ihr nach Lichtalbenheim? Zu dem Wohnsitz meines Sohnes Frey?"

„Dieser Schlauberger hier…", Thor zog Gilby am Kragen, „…hat den Fenriswolf befreit. Die Bestie muss zurück und Gilby vermutet sie in Hel. Aber dorthin will er nur mit einer Elfe."

Njörd zog die buschigen Augenbrauen hoch. „Alle Achtung", sprach er Gilby an. „Warum hast du den Wolf befreit?"

„Ach, er tat mir leid. Die Götter waren gemein zu ihm. Und wegen der blöden Prophezeiungen mit Vidars Schuh und Ragnarök."

Njörd klopfte Gilby auf die Schulter. „Sehr gut, mein Junge. Ich halte auch nicht viel von dem Treiben der Asen. Und wegen Ragnarök hab ich schon oft mit meiner Tochter Freya gesprochen, dass sie es doch unterlassen möge, gefallene Krieger in Folkwang zu einer mordenden Meute heran zu züchten. Doch sie will nicht hören. Es wird traurig für mich werden, meine Kinder durch Ragnarök zu verlieren. Aber damit muss ich leben."

Gilby stutzte. „Wenn Ragnarök eintritt, stirbst du doch auch?"

„Nein, mein Junge. Ich werde Ragnarök überleben und die Welt neu aufbauen. Gemeinsam mit Lif und Lifthrasir, die sich fortpflanzen und Midgard neu besiedeln."

Gilby wuschelte sich seinen roten Schopf. Odin hatte ihm doch erzählt, dass alles vernichtet wird, sogar Midgard.

„Wer sind Lif und Lifthrasir?", erkundigte er sich.

„Ein Menschenpaar, die sich an Ragnarök gut verstecken und überleben werden."

„Warum überlebst du?", forschte Gilby weiter.

„Weil ich für Frieden bin und mich aus allen Kämpfen heraus halte. Ich kämpfe nicht, ich helfe. Es werden auch noch ein paar wenige mehr überleben."

„Haha…", gluckste Thialfi. „Hatte mein Vater also doch Recht. Vanen sind klüger und friedlicher."

„Hab ich sowieso schon gesagt, dass die Asen Ragnarök selbst herauf beschwören", stimmte Gilby zu. „Und Odin hat mich wieder angelogen. Von wegen alle werden sterben und alles wird vernichtet."

„Geht's noch?", schimpfte Thor. „Wieso glaubt ihr diesem Wassermann mehr als meinem Vater?"

Njörd ermahnte den Donnergott: „Du solltest bei der Wahrheit bleiben, mein lieber Thor, und dem Jungen sagen, dass ihr Asen einen Krieg gegen uns Wanen angezettelt habt. Und zwar nur aus reiner Goldgier."

„Lass doch dieses Thema. Das ist Vergangenheit", maulte Thor.

Aber Gilby war hellhörig geworden.

„Ihr habt Krieg gehabt? Wie konnte das geschehen?", wollte er wissen.

Njörd schaute auffordernd zu Thor, doch der Ase wandte sich ab.

„Da schämt sich aber jemand", stellte Njörd fest.

„Dann will ich deine Frage beantworten. Odin beobachtete von seinem Hochsitz das Treiben unserer Göttin Gullveig in Midgard. Gullveig ist die Göttin des Goldes. Außerdem hat sie seherische Fähigkeiten und beherrscht die Kunst des Seidr. Jedenfalls sah Odin, dass Gullveig Gold unter den Menschen verteilte und lud sie nach Asgard ein. Er wollte wissen, wie sie an so viel Reichtum kam. Doch Gullveig schwieg. Die Asen spießten sie auf Speere und verbrannten sie. Da Gullveig davon nicht sterben konnte, wiederholten sie das noch zweimal, um sie zu quälen. Natürlich erfuhren wir davon und waren erbost. Krieg wollten wir trotzdem nicht. Nur vorsorglich bewaffneten wir uns. Wir forderten von den Asen als Sühne, Gold und Reichtum unter die Menschen zu bringen, so wie Gullveig es tat. Doch Odin warf sein unfehlbares Schwert Gungnir auf einen von uns und eröffnete so den Krieg."

Gilby, Thialfi und Röskva schwiegen. Zu unbegreiflich war ihnen das Verhalten der Asengötter.

Gilby ergriff als Erster das Wort: „Aber jetzt scheint ihr beste Freunde. Wie wurde der Krieg beendet?"

„Ich stellte mich ungeschützt zwischen die Fronten, bat um Einhalt und den Blick auf die Welten zu richten. Die Menschen in Midgard waren auf sich allein gestellt, Riesen und Zwerge gewannen Oberwasser und verbündeten sich. Für den Frieden bot ich an, dass meine Kinder und ich nach Asgard gehen und dort leben. Die Asen waren einverstanden.

Wir besiegelten den Pakt, indem Asen und Wanen in einen Kessel spuckten. Der Speichel wurde vermischt und fing an zu brodeln. Aus ihm entstand ein Mann, der alle Vorzüge der beiden Göttergeschlechter in sich vereinte. Sein Name war Kvasir."

„Was ist mit Kvasir geschehen?", fragte Thialfi.

„Zwei Zwerge töteten ihn. Aus seinem Blut und Honig brauten sie einen Met. So hofften sie, weise wie Kvasir zu werden. Doch sie hatten kein Glück. Ein Riese brachte den Met kurz an sich, bis Odin davon erfuhr und sich den Trunk aneignete."

„Gemeine Zwerge", schimpfte Röskva.

Gilby sagte nichts zu der Geschichte, dachte sich aber seinen Teil. Er erfuhr immer mehr über das wahre Gesicht des Allvaters.

„Er hat auch gute Seiten", vernahm er Njörds Stimme, als hätte dieser seine Gedanken gelesen.

Thor lenkte vom Thema ab. „Was ist jetzt mit den Fischen? Mein Magen knurrt."

Thialfi und Röskva gingen auf Holzsuche. Gilby sammelte die herumliegenden Fische ein und warf sie auf einen Haufen. Ein zappelnder Silberberg entstand. Er warf den Wölfen einige Fische zu, die sie gierig vertilgten. Kurze Zeit darauf entfachte Thor das Feuer mit Mjölnir. Thialfi hatte für jeden einen langen Stock gefunden und angespitzt. So saßen sie um das Feuer und brieten die Fische.

„Das dauert mir zu lange", nörgelte Thor. „Geh, Thialfi, und besorge mir noch zwei Stöcke."

Gilby schüttelte den Kopf, während Thialfi sich gehorsam auf den Weg machte.

„Und nun sitzt ihr hier am Nordmeer und wisst nicht, wie ihr weiter kommen sollt", stellte Njörd schelmisch fest.

„Kannst du Frey nicht rufen, dass er mit Skidbladnir kommt?", fragte Gilby.

„Das wird nicht nötig sein", erwiderte Njörd, erhob sich und machte eine Handbewegung über das Meer.

Alle schauten fragend, bis auf Thor. „Der Wassermann hat ein Schiff geordert", gab er schmatzend von sich und spuckte eine Gräte aus.

„Du brauchst nur eine Bewegung mit deinen Händen machen und dann werden deine Wünsche erfüllt? Wie vorhin mit den Möwen?", fragte Röskva beeindruckt.

„Nur solche, die mit dem Meer zu tun haben. Hast du schon mal einen Schwan gesehen?"

„Nein, noch nie."

Njörd führte wieder seine Hände in Meeresrichtung und kurz darauf dümpelte ein Schwanenpaar über die Wogen.

„Hört hin, wie schön sie singen. Ich liebe ihren Gesang. Nachdem ich mit Skadi verheiratet war, weiß ich ihn noch mehr zu schätzen."

„Wer ist Skadi?", forschte Gilby sofort nach. „Warum bist du nicht mehr mit ihr verheiratet?"

„Der Nordjunge will immer alles ganz genau wissen", nuschelte Thor mit vollem Mund, aus dem ein Fischschwanz heraus lugte.

„Das ist in Ordnung", fand Njörd. „Skadi ist die Göttin der Jagd und des Winters und lebt im Norden Midgards in den Bergen. Die Götter töteten ihren Vater. Sie reiste nach Asgard, verlangte einen Gemahl als Sühne und hoffte auf den schönen Balder. Odin verlangte jedoch, dass sie ihren Liebsten anhand seiner Füße identifizieren sollte."

Njörd hob seine Füße. „Und die schönsten Füße habe nun mal ich. So wurde ich ihr Gatte. Wir konnten uns nicht auf einen Wohnort einigen. Ich wollte nicht in die Berge, sie nicht ans Meer. Wir wechselten immer für ein paar Tage, waren aber beide mit der Situation unglücklich. So trennten wir uns."

Gilby lachte. „Ein Meeresgott in den Bergen. Geht gar nicht."

„Schaut", sagte Njörd mit einem Fingerzeig aufs Meer.

Ein Schiff glitt mit geblähten Segeln heran.

„Ist das schön", schwärmte Röskva.

„Ich habe nur das beste Holz für den Bau verwendet", sagte Njörd stolz.

„Der Kerl ist reicher als alle Asen zusammen", grummelte Thor.

„Und das, obwohl er nur ein Wane ist?", warf Gilby ironisch ein. „Das Schiff sieht aus wie ein Drachenschiff, aber es hat keinen Drachenkopf."

„Keines meiner Schiffe hat Drachenköpfe. Es verheißt nichts Gutes, damit Land anzusegeln", erklärte Njörd.

Inzwischen hatte das Schiff das Ufer erreicht. Thor und Njörd hievten zunächst den Wagen an Bord, danach Röskva und die Ziegenböcke, die empört blökten. Die Wölfe, Gilby und Thialfi sprangen allein hinauf.

„Weiß das Schiff, wo es uns hinbringen soll?", fragte Gilby.

„Ich werde ihm den richtigen Wind geben", antwortete Njörd.

Die beiden Götter verabschiedeten sich. Thor sprang auch auf das Schiff und brachte es zum Schaukeln. Tanngrisnir und Tanngnjostr begrüßten ihren Herrn blökend. Njörd schob das Schiff in tiefes Gewässer und blies Wind in die Segel. Sofort nahm es an Fahrt auf.

Auf dem Nordmeer

Mitten auf dem Nordmeer wurde die See unruhiger. Das Schiff stieg mit den Wellen auf und nieder. Röskva kauerte ängstlich auf dem Boden. „Was hast du, Kleine?", fragte Thor.

„Ist die Schlange Jörmungand unter dem Schiff?"

„Was weißt denn du von Jörmungand?"

„Unser Vater erzählte von der Schlange, die so groß ist, dass sie ganz Midgard umrundet."

„Keine Sorge, Kleine. Wenn sie was will, kriegt sie einen mit Mjölnir auf ihren hässlichen Schädel."

Röskva riss ängstlich die Augen auf und flüchtete sich in Thialfis Arme.

„Was soll das, Thor? Warum machst du meiner Schwester Angst?", schimpfte Thialfi.

„Sie soll sich mal nicht in die Hosen machen. Ich bin schließlich hier." Demonstrativ erhob Thor Mjölnir, aus dem sogleich Blitze zuckten.

Röskva versteckte ihr Gesicht in der Brust ihres Bruders. Das Schiff schaukelte immer mehr und Röskva fing an zu weinen.

„Beruhig mal deine Schwester", befahl Thor. „Der Wind ist normal auf offener See." Allerdings war ihm der Sturm auch rätselhaft. Er war zu plötzlich aufgezogen.

Gilby fand es auch ungewöhnlich. „Ob Ägir hier ist?", überlegte er.

„Ach was. Der traut sich erstmal nicht, nachdem er Bekanntschaft mit Njörd machte", antwortete Thor.

Geri und Freki wurden unruhig, knurrten und heulten abwechselnd. Die Ziegenböcke liefen aufgeregt auf dem Schiff hin und her, verloren zwischendurch das Gleichgewicht und kippten um. „Verflucht", schimpfte Thor. „Was ist das hier für eine Unruhe. Bleibt doch mal alle gelassen."

Tanngrisnir rappelte sich vom Boden auf und eilte an die Planken. Mit den Vorderbeinen stellte er sich auf und blökte das Meer wütend an.

Der Tentakel eines Kraken schoss aus dem Wasser, wickelte sich blitzschnell um den Hals der Ziege und zog das Tier in die Fluten. Tanngnjostr blökte verzweifelt.

Thor packte seinen Hammer und sprang hinterher. Thialfi schubste seine Schwester beiseite und folgte dem Donnergott. Gilby befahl noch schnell den Wölfen, auf Röskva und Tanngnjostr aufzupassen, bevor er ebenfalls ins Wasser sprang, aus dem bereits heftige Blitze hervor schossen.

Es gelang Gilby gerade noch, Mjölnir auszuweichen, bevor dieser auf ein Tentakel prallte. In einem anderen Tentakel hing Tanngrisnir fest. Thialfi hatte die Hinterläufe der Ziege zu packen und wurde hin

und her geschleudert als hinge er an einem wütenden Katzenschwanz. Mjölnir schoss zwischen
Kraken und Thors Hand hin und her. Gilby zog sein
Schwert. Er kam nicht an den Tentakel mit Tanngrisnir heran, ohne selbst gepackt zu werden. Die
Kreatur war groß wie ein Berg, seine Tentakeln lang
wie Riesenschlangen und peitschten in alle Richtungen.

Gilby deutete Thor an, Mjölnir auf den Tentakel
neben der mit der Ziege zu schleudern. Mjölnir traf
und der Tentakel sackte nach unten. Schnell hieb
Gilby auf den Fangarm mit Tanngrisnir ein. Das
Schwert ließ sich im Wasser schwer führen, erzeugte
aber einen Schnitt, aus dem eine grünliche Masse
hervor quoll. Das Meer brodelte unter den wütenden
Bewegungen der Fangarme. Gilby konnte kaum etwas sehen. Trotzdem gelang es ihm, noch einmal
den Tentakel zu treffen, der darauf nur noch an einem schleimigen Faden hing. Der Fangarm mit
Tanngrisnir sackte leicht nach unten. Dennoch be-
hielt der Krake die Kontrolle und peitschte sein
Tentakel wild durch das Wasser. Gilby schwamm zu
Thialfi, der immer noch krampfhaft die Hinterläufe
des Bocks umklammert hielt. Tanngrisnirs Kopf
baumelte zur Seite und seine Zunge hing aus dem
Maul. Gilby umfasste auch die Hinterläufe und zog
mit Thialfi an der Ziege. Mjölnir krachte auf die

Schnittstelle und löste den Tentakel endgültig. Gilby und Thialfi tauchten mit dem Ziegenbock auf, hielten seinen Kopf über Wasser und Gilby durchtrennte mit seinem Schwert den würgenden Fangarm um Tanngrisnirs Hals. Die Saugnäpfe blieben haften und sahen aus wie eine Halskette.

„Schnell, Röskva", rief Thialfi seiner Schwester zu. „Auf dem Schiff ist ein Seil. Binde ein Ende fest und wirf es runter."

Wimmernd tat Röskva, was ihr Bruder verlangte. Der Unterwasserkampf zwischen der Krake und Thor ließ das Meer nicht zur Ruhe kommen. Thialfi und Gilby umwickelten Tanngrisnirs schlaffen Leib mit dem Seil. Thialfi kletterte geschwind an dem Seil hoch, zog von oben, während Gilby von unten schob. Doch er fand im Wasser nicht genug Widerstand. Thialfi zog mit aller Kraft, bis sein Gesicht krebsrot wurde. Freki eilte ihm zu Hilfe, fasste das Seil mit den Zähnen und zog den Ziegenbock hinauf. Thialfi warf Gilby das Seil zu. Schnell kletterte Gilby an Bord.

Tanngrisnir lag leblos auf dem Boden, Thialfi rüttelte an dessen Kopf, Röskva weinte haltlos, Tanngnjostr brüllte blökend, Geri massierte Tanngrisnirs Leib mit seiner Zunge und Freki versuchte abwechselnd, Röskva und Tanngnjostr zu beruhigen.

Gilby griff in seinen Brustbeutel. Das Teufelsmehl war trocken geblieben. Er nahm etwas mit dem Finger auf und malte die Rune Algiz auf Tanngrisnirs Kopf. Der Ziegenbock öffnete die Augen, die Zunge fand ins Maul zurück und die Saugnäpfe der Tentakel fielen vom Hals. Tanngrisnir stand auf und wurde überschwänglich von Tanngnjostr begrüßt. Gilby, Thialfi und Röskva umarmten sich glücklich. Dankbar dachte Gilby an Ylva, die ihn in die Magie der Rune eingeführt hatte.

„Du stellst dich nie wieder an den Planken auf", maßregelte Thialfi Tanngrisnir.

Der Bock blökte zustimmend.

Plötzlich wurde das Schiff auf die Seite gerissen. Der Donnergott hievte sich an der Kante hoch. Danach lag das Schiff ruhig auf dem Wasser.

„Hast du den Kraken erledigt?", fragte Gilby.

Thor blitzte Gilby und Thialfi böse an. „Wer hat euch gesagt, dass ihr hinterher springen sollt?"

„Wir wollten doch Tanngrisnir helfen", antwortete Thialfi.

„Weil ihr mal wieder dachtet, ich werde mit dem Untier nicht alleine fertig. Ihr habt nur gestört. Ich konnte Mjölnir nicht so einsetzen wie ich wollte, weil ihr ständig im Weg wart."

„Warum hast du Mjölnir denn immer nur auf die Tentakeln geworfen, statt auf den Leib des Kraken?", fragte Gilby.

„Da sieht man mal wieder, wie dumm ihr seid. In jedem Tentakel steckt ein Hirn und macht die Fangarme zu Waffen. Ohne die richtet der Krake nichts mehr aus. Und nach den Tentakeln hat Mjölnir den Leib zertrümmert", verkündete Thor stolz. Dann wendete er sich Tanngrisnir zu und packte ihn liebevoll an den Hörnern. „Na mein kleiner Schlingel. Da hast du noch mal Glück gehabt."

Gilby und Thialfi waren frustriert, dass ihr Einsatz nicht gewürdigt wurde. Aber das war mal wieder typisch.

Lichtalbenheim

Das Schiff glitt nach diesem Zwischenfall ruhig über das Nordmeer. In der Ferne wurde das goldene Leuchten Asgards sichtbar.

„Wir sind richtig", verkündete Thor zufrieden. „Lichtalbenheim liegt nah bei Asgard."

Schon bald sahen sie ein weiteres Leuchten. Silbern glänzend rückte es ihren Augen immer näher. Gilby, Thialfi und Röskva schauten verzückt.

„Wie schön das aussieht", schwärmte Röskva. „Ein silberner Ort unter einer Silberkuppel."

„Hauptsache, die Elfen haben genug Essen für uns. Und einen guten Tropfen", hoffte Thor.

Bald legten sie an. Die Wölfe tobten ungestüm durch den silbernen Sand am Ufer. Wie feiner Silberregen stieben die Sandkörner durch die Luft. Die Ziegenböcke suchten blökend nach grünem Gras. Der Wagen blieb auf dem Schiff. Gilby, Thialfi und Röskva bestaunten mit offenen Mündern die licht glänzende Welt. Bäume und Pflanzen sahen aus, als wären sie mit Reif überzogen. Doch es waren funkelnde Lichtkristalle.

„Wunderschön", sagte Gilby andächtig.

„Was ist?", murrte Thor, dem nicht der Sinn nach Romantik stand. „Lasst uns Ylva finden."

Er rief nach den Ziegenböcken. Den beiden schmeckte das silberne Gras offensichtlich vorzüglich. Etwas widerwillig begaben sie sich zu ihrem Herrn.

Gilby vernahm plötzlich ihm altvertraute glockenhelle Melodien. Sofort dachte er an Naira und Ylva. Sie kamen an einen lichten Wald, der in hellem Glanz strahlte. Kleine Rundhütten tauchten auf. Aus Baumhöhlen flogen tanzende Elfen heraus. Feuer brannten, um welche die Alben tanzten und sangen.

„Ha... wir kommen genau richtig", grölte Thor. „Die feiern ihr Lichtfest. Die Feuer gelten mir zur Begrüßung. Bestimmt ist irgendwo schon ein Festmahl angerichtet."

Gilby, Thialfi und Röskva hörten gar nicht hin. Sie waren fasziniert von der Anmut der Wesen. Gilby wusste es ja schon. Doch dass alle von dieser unbeschreiblichen Schönheit waren, hätte er nicht erwartet. Am Boden entdeckten sie kleine, drahtige Gestalten mit langen Armen und Fingern, die sich flink auf allen Vieren fort bewegten.

„Was sind das für Wesen?", fragte Röskva.

„Junge Alben", erwiderte Thor. „Sie werden immer im Frühjahr geboren."

„Die sehen witzig aus", lachte Thialfi.

„Sind wir zum Gaffen hier?", nörgelte der Gott. „Lass uns endlich weiter."

Langsam zogen sie weiter. Überall brannten Feuer, es wurde getanzt, durch die Luft geschwirrt und gesungen.

„Hier sollte Odin sich aufhalten, statt in seiner Walhalla", fand Gilby. „So viel Friede und Harmonie."

„Pah... und an Ragnarök ziehen sie alle die Flügel und Spitzohren ein", schnaubte Thor.

Gilby sagte nichts dazu. Immer wieder die blöde Ragnarök.

Plötzlich erstarrte er. Diese Stimme war unverwechselbar. Er lief der Melodie nach.

Dann sah er sie. „Naira, bist du das wirklich? Du bist kein Geist?"

„Was hast du, Nordjunge? Wieso sollte ich ein Geist sein?"

Wie er dieses *Nordjunge* aus ihrem Mund vermisst hatte.

„Weil du doch meine Fylgja bist."

„Haben sie dir den Verstand geraubt? Ich bin Naira und keine Fylgja."

„Ich sah dich als meinen Schutzgeist. Du erschienst in der Höhle des Drachen Nidhögg. Und hast mich begleitet, bis ich wieder in Midgard war."

„Ah, ich verstehe. Deine Fylgja hat sich dir in meiner Gestalt gezeigt. Na so was. Das hat einen Grund. Du bist doch nicht etwa in mich verliebt, Nordjunge?"

Gilbys Gesichtsfarbe wurde so rot wie sein Schopf.

„Nein, nein", erwiderte er schnell.

„Dann ist ja gut. Ich bin sowieso zu klein für dich, nicht wahr?"

Gilby sagte lieber nichts mehr dazu. Er war einfach nur froh, dass Naira wieder da war.

„Was führt euch hierher?", erkundigte Naira sich.

„Wir suchen Ylva."

„Erstmal suchen wir was zu essen", fuhr Thor dazwischen. „Und einen guten Tropfen."

„Dann folgt mir einfach", forderte Naira auf.

Sie gelangten an eine kleine Siedlung mit Rundhütten, die kreisförmig angeordnet waren. In der Mitte loderten Feuer und ein köstlicher Duft nach gebratenem Hammel zog durch die Luft. Geri und Freki schleckten sich sabbernd ums Maul. Tanngrisnir und Tanngnjostr hoben witternd die Nasen und blökten entrüstet. Der Donnergott hatte es plötzlich extrem eilig und beschleunigte den Schritt. Die Böcke zogen ihren Herrn am Rock.

„Lasst das", schimpfte Thor. „Das seid ja nicht ihr am Spieß." Und schon befand sich der Ase inmitten des Festes.

Der Rest folgte dem Donnergott, der bereits mit vollen Backen kaute und ein Trinkhorn in Händen hielt.

„Endlich sieht unser Herr mal glücklich aus", tuschelte Röskva ihrem Bruder zu, der zustimmend nickte.

„Ich hole Ylva", sagte Naira zu Gilby und schwirrte davon.

Kurz darauf erschienen die Elfen.

„Siehste Gilby, ich hab dir gesagt, wir sehen uns bestimmt wieder", lachte Ylva.

„Ich freu mich so", antwortete Gilby. „Und Naira ist auch hier. Das ist so schön."

„Und sie ist kein Geist, wie du siehst. Aber du kommst nicht, um nur mal *Hallo* zu sagen?"

„Nein. Ich muss wieder zur Hel. Und dorthin gehe ich nur mit dir." Gilby erklärte Ylva kurz die Geschichte mit seinem Versprechen und dass er Fenris in Hel vermutete.

Ylva zeigte auf den schmatzenden Donnergott. „Und was ist mit dem da?"

„Der kommt auch mit. Und Thialfi und Röskva. Und Geri und Freki. Und Tanngrisnir und Tanngnjostr."

Ylva verzog ungläubig ihr hübsches Gesicht. „Was ist mit dir passiert, Nordjunge? Sind dir in Niflheim Hirnwindungen weg gefroren? Oder warst du inzwischen in Muspelheim bei den Feuerriesen? Du kennst die Wege ins Totenreich und glaubst doch nicht ernsthaft, mit dem ganzen Anhängsel unbeschadet dort anzukommen."

„Deswegen sollst du mit."

„Es ist zu gefährlich für die Kinder und Tiere."

„Das hab ich auch schon gesagt", antwortete Gilby.

„Wir gehen alle", verkündete Thor und ließ einen großen Schluck Met durch die Kehle fließen.

„Bitte Ylva", bettelte Gilby. „Er wird sich nicht abbringen lassen und ich gehe nicht ohne dich. Mit dir können wir es schaffen."

„Ich hab auch nicht die Fähigkeiten, eine ganze Horde zu beschützen. Erst recht nicht einen wild gewordenen Donnergott."

„Mich muss niemand beschützen", grummelte Thor. „Das kann ich ganz gut selbst."

„Man kennt aber deinen Übermut und Leichtsinn. Und dieses brauchen wir in Hel nicht."

„Wir haben nicht den weiten Weg hierher gemacht, um stundenlang mit dir zu diskutieren. Entweder kommst du mit oder wir blasen die ganze Aktion ab", beschloss Thor.

„Und dann trifft mich Ullers Zorn", wimmerte Gilby. „Naira kann doch auch mitkommen", fiel ihm plötzlich ein.

„Ich kann nicht. Ich muss hier bei der Aufzucht der jungen Alben helfen. Es werden noch mehr geboren", erklärte Naira.

„Schade", erwiderte Gilby. „Was ist mit Frey? Ist er hier? Er könnte mir Skidbladnir geben."

Naira schüttelte den Kopf. „Frey ist zwar in Lichtalbenheim, aber weiter im Landesinneren. Er feiert mit den Feen das Fruchtbarkeitsfest."

„Was ist nun?", schnaufte Thor ungehalten.

„Kann ja lustig werden", murrte Ylva.

Gilby strahlte. „Heißt das, du kommst mit?"

„Hab ich eine Wahl?"

„Nicht wirklich."

„Dann können wir ja endlich", frohlockte Thor und griff noch einmal nach einem großen Stück Hammel.

„Wie kommen wir zurück?", fragte Gilby.

„So, wie wir hergekommen sind."

„Aber Njörd ist nicht mehr da, um uns den richtigen Wind zu geben."

„Mein alter Freund lässt mich nicht im Stich", sagte Thor unbekümmert.

Am Ufer von Lichtalbenheim erblickten sie den Meeresgott, der grinsend am Schiff lehnte.

„Wusste ich", stellte Thor befriedigt fest.

„Ich hab mich in diesem Teil des Nordmeeres noch mal etwas umgesehen, wenn ich schon mal hier bin. Einen zertrümmerten Kraken entdeckte ich, dem ein Tentakel fehlte. Damit habt ihr doch nichts zu tun?"

Alle schüttelten energisch die Köpfe und riefen aus einem Mund „Nein". Tanngrisnir blökte zustimmend, der diese Geschichte am ehesten ganz schnell vergessen wollte.

„Wo soll's jetzt hingehen?", erkundigte sich Njörd.

„Niflheim. Ich werde mir den Hintern abfrieren", maulte Thor.

„Wird schon nicht so schlimm werden. Hast ja genug Speck dran", lästerte der Meeresgott. „Ich gebe dem Schiff Wind durch den Fluss Egidor. Dann braucht ihr nicht durch den Eisenwald."

„Aber dann müssen wir durch Ägirs Schreckenstor", zweifelte Gilby.

„Keine Sorge, mein Junge. Ägir wird sich hüten, seine Wellen gegen mein Schiff peitschen zu lassen."

„Wir werden an meiner Siedlung vorbei kommen."

„Ist doch gut", frotzelte Thor. „Kannst deiner Mutter winken."

Gilby senkte den Kopf. Sirid würde sehr traurig und besorgt sein, das seine Reise weiter ging.

Röskva strich Gilby über den Arm.

„Deine Mutter wird sich freuen, dich munter zu sehen. Thialfi und ich werden ihr auch zuwinken."

„Danke." Gilby wusste, dass er keine Wahl hatte.

„Also los, alle an Bord", bestimmte Thor und griff nach den Böcken. Tanngrisnir blökte ungehalten und strampelte wild mit den Beinen.

„Gib Ruhe", schimpfte Thor. „Sonst lass ich dich bei den Alben?"

„Was hat er denn?", fragte Njörd.

„Was gegen Schiffe", antwortete Thor knapp. Tanngrisnir sprang auf den Wagen und drückte sich

so dicht an den Heufuder, als wolle er hinein krie-
chen.

Das Schiff glitt ohne Zwischenfälle über das
Nordmeer. Tanngrisnir beruhigte sich langsam, löste
seinen Leib vom Heufuder und zupfte hungrig daran.

Auf dem Weg zum Gjöll

Ruhig glitt das Schiff durch das Schreckenstor in den
Fluss Egidor. Die Siedlung kam in Sicht. Gilby, Thialfi und Röskva stellten sich an die Planken. Auf
Gilbys Schulter platzierte sich Ylva. Gilby hatte seiner Mutter von ihr erzählt. Es würde sie beruhigen,
die Elfe bei ihm zu wissen.

Sirid hatte das Schiff schon kommen sehen und
stand am Ufer. Alle winkten sich zu. Gilby sah, dass
seine Mutter etwas rief, doch die Mündung war zu
breit, um die Worte zu verstehen. Dann waren sie
auch schon vorbei und das Schiff folgte dem schlin-
gernden Flusslauf.

„So Gilby, nun sag, wie du dir das vorgestellt hast,
ins Totenreich zu kommen?", fragte Ylva. „Durch
Nidhöggs Höhle wirst du wohl nicht noch mal wollen. Das wäre ohnehin zu eng mit dem Wagen."

„Wir müssen direkt zum Gjöll. Und von dort zur Hel."

„Da hast du dir ja was vorgenommen. Dann weißt du bestimmt, wie wir über den Totenfluss kommen?"

„Nö. Wird sich finden", hoffte Gilby.

„Das wird schon", stimmte Röskva zu.

Schon bald kamen die eisigen Berge Niflheims in der Ferne in Sicht.

Gilby dachte an die Frostriesen und ihm wurde mulmig.

Er hielt es für angebracht, Thor zu ermahnen: „Erschlag nicht gleich die Frostriesen mit deinem Hammer. Du weißt, sie stehen wieder auf und verdoppeln sich."

„Haha", lachte Thor. „Die Frostriesen werden uns nichts anhaben können. Geri und Freki sind schneller."

„Na hoffentlich. Und wie kommen wir über die Berge?"

„Ich fliege voraus und zeige den Wölfen den Weg", beantwortete Ylva die Frage.

„Ich wusste schon, weshalb ich dich mithaben wollte. Hoffentlich bist du schnell genug."

„Vorsichtig Nordjunge. Du weißt, Elfen sind besonders schnell im Verschwinden."

Bald darauf erreichten sie Niflheim. Thor hievte mit Thialfi und Gilby den Wagen vom Schiff. Danach waren Röskva und die Böcke dran. Die Wölfe stoben bereits durch den Schnee. Tanngrisnir und Tanngnjostr schabten und suchten nach grünem Gras. Röskva wickelte sich frierend ihre Arme um den Körper. Thor zog sein Wams aus und legte ihn dem Mädchen um. Er befahl Thialfi, das Heu aus dem Fuder zu lösen.

„Wem zu kalt ist, kann sich ins Heu packen", riet er.

Thor legte den Wölfen das Geschirr an und orderte die Böcke auf den Wagen, die sich sogleich ins Heu legten.

„Ey, so war das nicht gedacht", schimpfte Thor.

„Lass sie doch. Ich leg mich dazwischen", beschloss Röskva. „Das wärmt doppelt."

Geri und Freki jagten den Eisbergen entgegen. Der eisige Wind veranlasste auch Gilby und Thialfi sich zu den Böcken ins Heu zu legen.

Ylva grinste Thor an. „Weicheier was?"

„Naja, warm ist mir auch nicht", grummelte der Donnergott.

Der Wagen erreichte die ersten Berge.

„Ich fliege jetzt vor", verkündete Ylva und schoss vor die Wölfe. Die Elfe fand immer wieder Schluchten und die Wölfe jagten ihr nach. Aufstöbernder

Schnee legte sich wie eine Decke auf den Wagen. Hier und da nahm Thor Frostriesen wahr, doch Geri und Freki waren so schnell, dass es nicht lohnte, Mjölnir überhaupt zu berühren.

Bald lag das Gebirge hinter ihnen und damit auch die vereiste Landschaft. Karges Land und wabernde Nebel wurden ihre Begleiter, bis kahle, dunkle Bäume auftauchten.

Ylva stoppte ihren Flug und die Wölfe hielten so abrupt an, dass der Wagen auf deren Hinterteil prallte. Missmutig knurrend drehten sie die Köpfe.

Ylva kehrte auf den Wagen zurück. „Wir sind am Gjöll. Hinter den Bäumen ist die Schlucht."

„Ich hab Hunger", bemerkte Thor und blickte zu den Böcken.

„Vergiss es", warnte Gilby.

„Aber hier gibt's nichts zu jagen. Ich würde sonst wirklich gerne", gab der Ase scheinheilig von sich.

„Dir wird nichts anderes übrig bleiben, als hungrig zu sein. Wir haben auch Hunger. Die Böcke werden nicht geschlachtet."

Tanngrisnir und Tanngnjostr blökten zustimmend und zupften am Heu.

„Na, Hauptsache ihr könnt fressen", brummte Thor.

Gemeinsam bahnten sie sich den Weg durch die Bäume, bis sie die Schlucht erreichten. In der Tiefe zischte und wisperte der Totenfluss. Skelettierte Klauen streckten sich in den Strudeln auf, als würden sie nach etwas greifen wollen.

Röskva hielt sich die Nase zu. „Das stinkt."

„Dort unten geht ein Pfad entlang", sagte Thialfi.

„Igitt, nee, da will ich nicht lang laufen", wehrte Röskva ab.

„Und wer hat denn vorhin so großspurig gesagt, das wird schon?", erinnerte Ylva das Mädchen. „Aber jetzt kneifen wollen."

„Wir sollten beratschlagen, wie wir vorgehen. Aber nicht hier. Lass uns zurück zum Wagen", beschloss Thor.

Er zog die Böcke an den Hörnern von den Bäumen weg. Gilby sammelte im Vorbeigehen einen kleinen Stock auf.

„Wir könnten zur Gjallarbru gehen. Vielleicht können wir Modgud überreden, der Hel Bescheid zu geben", meinte Thor.

„Unwahrscheinlich", antwortete Ylva. „Modgud ist ein falsches Luder. Sie wollte die Macht über das Totenreich, die Hel vernichten und trieb ein falsches Spiel. Die Nornen kamen ihr auf die Schliche und verdammten sie, der Hel zu dienen. Von ihr bekam sie die Aufgabe, die Brücke zu bewachen und die

Toten zu kontrollieren. Mehr bekommt Modgud von der Welt nicht mehr zu sehen. Sie darf sich nicht von der Brücke entfernen. Und gut Will haben wir von ihr ohnehin nicht zu erwarten."

„Ich möchte mir das ansehen", bemerkte Gilby.

„War klar, Nordjunge. Du willst immer alles ganz genau wissen."

Gilby spielte schon die ganze Zeit mit dem kleinen Stock.

„Leg doch mal den Knochen weg", meinte Ylva.

Gilby schaute auf das Teil in seiner Hand und bemerkte erst jetzt, dass es sich tatsächlich um einen Knochen handelte. Er begutachtete ihn andächtig. Ob der von einem Tier stammte? Vielleicht von einem Fuchs?

Geklapper ließen ihn und die anderen aufblicken. Ein kleines menschliches Skelett bewegte sich auf die Gruppe zu.

„Meiner. Gib mir!", sagte das Skelett, dem ein Unterarmknochen fehlte.

Gilby hielt ihm den Knochen hin, das Skelettmännchen ergriff ihn mit der skelettierten Hand und klickte ihn an den Oberarmknochen.

„Ah, gut", sagte es. „Brauche noch Hand."

„Wer bist du?", fragte Gilby.

„Klappergerüst."

„Ich meine, wie heißt du?"

„Klappergerüst."

„So heißt doch niemand."

„Doch. Ich."

„Warst du ein Kind?"

„Ja, lang her."

„Warum bist du in Hel?"

„Ich böse."

„Was hast du getan?"

„Katze ersäuft. Hat mein Huhn gefressen."

„Verstehe."

„Brauche noch Hand."

„Woher hast du deine anderen Knochen?"

„Modgud hat aus Gjöll gefischt."

„Aha."

„Ja, Modgud hatte langweilig."

„Und Modgud nannte dich Klappergerüst."

„Ja."

„Wie war dein Name, als du noch ein Kind warst?"

„Weiß nicht, lang her."

„Du brauchst einen richtigen Namen. Ich kann dich nicht Klappergerüst nennen."

„Du nett. Brauche noch Hand."

„War Modgud nicht nett?"

„Nein. Nicht nett. Ich weggelaufen."

„Wie hieß denn dein Huhn?"

„Huhn."

„Was hältst du davon, wenn ich dich Smurfel nenne?" Gilby guckte zu Thialfi und Röskva, die zustimmend nickten.

„Ja, mach. Brauche noch Hand", beharrte das Skelettmännchen.

„Hmmm, weißt du denn, wo deine Hand ist?"

„Modgud hat abgerissen."

„Oh, das war böse von Modgud."

„Modgud hat festgehalten."

„Ah, ich verstehe. Als du weggelaufen bist, hat Modgud deine Hand festgehalten."

„Ja. Arm auch verloren. Du gefunden."

„Kennst du den Weg zu Modgud?"

„Ja. Kenne."

„Gut. Dann gehen wir jetzt alle zusammen zu Modgud."

„Ich nicht."

„Aber du brauchst deine Hand."

„Du holen. Du nett."

„Ich kann es versuchen, Smurfel. Aber du musst uns den Weg zeigen."

„Ich mach." Sofort stiefelte Smurfel los.

„Warte", rief Thor. „So geht das nicht. Wir können nicht alle gehen. Nur Gilby, Ylva und ich gehen. Geri und Freki bleiben hier und bewachen Thialfi und Röskva und die Böcke." Thialfi zog eine Grimasse, aber Röskva war erleichtert.

Die Riesin Modgud

Thor, Gilby, Ylva und Smurfel begaben sich zur Schlucht. Smurfel sprang einfach herunter. Gilby lag bäuchlings am Rand und sah, dass Smurfel in alle Einzelteile zerfallen war, die jedoch sofort in Bewegung gerieten und sich wieder zusammensetzten.

„Wir müssen hinab klettern", bestimmte Thor.

„Ziemlich tief", stellte Gilby fest.

„Du willst zu Modgud. Also los." Damit schob Thor sich über den Abhang.

Gilby krallte sich mit den Fingern fest und suchte mit den Füßen Halt. Die Felswand war rau und schroff, so dass ihnen der Abstieg gelang.

„Warum nicht springen?", fragte Smurfel.

„Weil wir lebendig sind und es noch gerne blieben", antwortete Thor.

Der Pfad befand sich einige Ellen über dem tosenden Gjöll und war sehr schmal. Smurfel tippelte emsig voraus, während Gilby und Thor sich an der Felswand entlang drückten. Beide hatten keine Lust, in den wispernden Fluss zu stürzen und von den Klauen ergriffen zu werden. Der Weg gabelte sich. Smurfel schlug die Richtung ein, die in den Felsen führte.

„Ist das der richtige Weg?", zweifelte Thor, der sich ducken musste.

„Ja, richtig. Anderer Weg Falle."

„Ist dort der Höllenhund Garm?", fragte Gilby.

„Nee, Garm andere Seite von Gjöll."

Thor griff nach Mjölnir, dessen Blitze den dunklen Gang erhellten.

Smurfel schmiss sich auf den Boden. „Was ist das?"

„Thor macht nur etwas Licht. Wir können sonst nichts sehen", beruhigte Gilby das Skelettmännchen. „Steh wieder auf. Dir passiert nichts."

Smurfel schaute sich noch etwas panisch um, tippelte dann aber mutig weiter.

„Wir müssen nur dem Klappergeräusch nachgehen", witzelte Thor.

Zu der Finsternis versperrte plötzlich wabernder Nebel die Sicht. Ylva flog voraus und kehrte gleich darauf wieder zurück.

„Geht weiter. Der Nebel ist gleich vorüber. Danach wird es magisch."

Tatsächlich wurde der Nebel nach einigen Schritten durchlässiger, bis er ganz verschwunden war. Sie waren am Ausgang der Höhle. Der Gjöll gurgelte wieder unter ihnen, doch floss er ruhiger und wisperte nicht. In der Ferne strahlte die Gjallarbru in glänzendem Gold.

„Ich nicht weiter", verkündete Smurfel.

„Ja, schon gut", erwiderte Thor. „Jetzt kommen wir alleine klar."

Smurfel griff mit seiner skelettierten Hand nach Gilbys Hand. „Brauche Hand noch. Nicht vergessen."

„Nein, vergesse ich nicht. Aber ich kann dir nicht versprechen, sie zu finden."

Smurfel senkte traurig den Schädel. „Ich weiß. Ich warten."

Die drei näherten sich der Totenbrücke. Goldene Säulen trugen den Brückenbogen, der ebenfalls mit leuchtendem Gold überzogen war. Menschen schlichen hinüber und wurden am anderen Ende von der Riesin Modgud kontrolliert.

„Es sind die Toten auf dem Weg nach Hel. Wir sollten sie passieren lassen, bevor wir weiter gehen", sagte Ylva.

Gilby beobachtete das Bild mit einigem Unbehagen. Er dachte daran, dass auch er irgendwann über diese Brücke gehen würde, wie er es der Hel versprochen hatte.

Als der Leichenzug im Reich der Hel angekommen war, setzten sie ihren Weg fort.

Thors Kehle war trocken wie eine Wüste. Er wünschte sich Ägirs Braukessel randvoll gefüllt herbei und dazu Ägirs gedeckte Tafel. Er würde sich die leckeren Hühnerbeine, Schinken und geräucherten Fische schnappen, damit in den Braukessel springen und nach Herzenslust schlemmen und saufen. Bei der Vorstellung lief ihm das Wasser im Mund zusammen und er sabberte in seinen Bart.

Modgud hatte Thor und den Jungen bereits kommen sehen und wartete vor der Gjallarbru. Ihre Größe war beeindruckend. Sie überragte Thor noch um einiges.

„Wie schön, dich endlich kennen zu lernen, schöner Asengott", säuselte sie. „Ist das ein Abkömmling von dir?", fragte sie mit Fingerzeig auf Gilby. „Ja, das muss dein Sohn sein. So ein hübscher Junge. Und genauso rothaarig wie sein Vater. Ich wäre sehr gerne bereit, dir auch so ein schönes Kind zu gebären."

Thor schluckte. Der Speichel in seinem Mund verzehnfachte sich. Auf solch eine Offerte war er nicht gefasst. Außerdem war die Riesin alles andere als hässlich.

Ylva flatterte um den Kopf des Asen. „Lass dich ja nicht auf das Geschleime ein", flüsterte sie ihm zu.

Modgud hielt Thor einen Kelch entgegen.

„Darf ich dich mit einem edlen Tropfen Met begrüßen?"

Jetzt wird's brenzlig, dachte Gilby und zog Thor am Rock, der schon ein Bein auf die Brücke setzte.

„Du kannst nicht über die Brücke", zischte er.

„Ich hab aber Durst", maulte Thor.

Gilby ging nicht darauf ein und sprach Modgud an: „Kannst du bitte Hel holen. Wir müssen auf die andere Seite."

„Oh, ich bedaure. Wäre euch gern behilflich. Aber ich kann hier nicht weg. Ich lasse euch aber gern hinüber."

„Wir dürfen nicht über die Brücke. Das weißt du."

„Ich bestimme, wer hinüber darf", sagte Modgud.

„Du darfst nur Verstorbene ins Totenreich treten lassen, die eines natürlichen Todes starben. Wir aber sind quicklebendig."

„Es bleibt ja unter uns", lachte Modgud verschlagen und lockte Thor mit dem Kelch.

Gilby hielt den Donnergott erneut am Rock fest. „Bleib hier."

Thor grunzte missmutig.

Gilby erfasste mit den Augen die Umgebung. Hinter Modgud befand sich ein Felsmassiv mit einem Höhleneingang. Scheinbar war dieses kalte Loch ihr Heim. Vor dem Eingang lag eine Keule. Daneben sah Gilby eine kleine skelettierte Hand. Das musste Smurfels Hand sein.

„Gib mir die Hand", forderte Gilby die Riesin auf.

Modgud guckte den Jungen irritiert an, streckte ihm aber ihre Hand entgegen.

„Na komm, du hübscher Nordjunge, komm zu mir", säuselte sie. „Und bring den schönen Asen mit."

„Die Hand, die dort neben der Keule liegt", definierte Gilby genauer.

„Was willst du mit der Hand von Klappergerüst? Hast du ihn etwa getroffen? Dann bring ihn mir zurück. Ich hab seine Knochen aus dem Gjöll gefischt und ihn zusammengesetzt. Er gehört mir."

„Was zum Donnerblitz...", grölte Thor plötzlich. Auf der anderen Seite des Gjöll standen Thialfi, Röskva und Geri.

Drachenritt

Tanngrisnir und Tanngnjostr knabberten zufrieden an den Rinden der Bäume, während Thialfi gelangweilt hin und her lief. Die Wölfe beobachteten ihn aufmerksam. Röskva saß auf dem Wagen, ließ die Beine baumeln und zwirbelte an ihren Zöpfen.

Plötzlich überschattete die ohnehin düstere Gegend etwas noch dunkleres. Röskva schaute auf, stieß einen Schrei aus und war im selben Moment unter dem Wagen verschwunden.

Thialfi blieb wie angewurzelt mit weit aufgerissenen Augen und offenem Mund stehen. Die Böcke blökten verwirrt. Geri und Freki zogen die Lefzen hoch und knurrten tief.

Der Drache landete und streifte mit seinen Flügeln Wagen und Bäume. Der Wagen schaukelte, Röskva schrie und einige der Bäume knickten tosend um. Das Untier richtete mürrisch seine Schwingen und faltete sie dann an seinen gigantischen Körper.

Geri und Freki sträubten wütend ihr Fell. Geifer lief zwischen den gebleckten Zähnen heraus.

„Nicht doch", sprach der Drache. „Ihr wollt doch nicht ernsthaft den Blutsbruder eures Herrn angreifen?"

Die Wölfe stutzten, blieben jedoch kampfbereit.

Thialfi war aus seiner Starre erwacht und zu seiner jammernden Schwester geeilt.

Der Drache steckte seine monströse Schnauze unter den Wagen.

„Ihr könnt ruhig heraus kommen, Gefährten des Donnergotts. Ich tu euch nichts."

Thialfi wagte sich heraus, flüchtete aber zu den Wölfen. Noch nie hatte er einen Drachen gesehen. Dessen Größe flößte ihm Angst und gleichzeitig Ehrfurcht ein. Einerseits wirkte er gefährlich, anderseits schön mit seinen blau-grün leuchtenden Schuppen.

Der Drache wiegte seinen Kopf hin und her.

„Na Jungchen, du möchtest doch bestimmt mal auf einem Drachen reiten? Komm, steig auf."

Thialfi legte ratlos einen Zeigefinger an die Lippen. Der Gedanke schien ihm wirklich reizvoll. Aber konnte er dem Drachen trauen? Böse kam er ihm nicht vor. Langsam bewegte er sich auf den Drachen zu. Die Wölfe standen immer noch in Kampfposition, verhielten sich aber ruhig. Tanngrisnir und Tanngnjostr blieben zwischen den Bäumen und blökten nicht mal mehr.

Röskva kluckte immer noch unter dem Wagen und rief: „Nein, nicht Thialfi!"

Doch Thialfi packte der Wunsch, einmal auf einem Drachen zu fliegen. Er stand jetzt direkt vor ihm und streckte die Hand aus.

Der Drache senkte den Kopf. „Streichle mich."

Thialfi fuhr mit seiner Hand über den schuppigen Hals. Der Drache gurrte wie eine Taube.

„Nun steig auf", wiederholte er.

Thialfi ging an die Seite des mächtigen Körpers und schwang sich mit einem Satz auf dessen Rücken. Eine borstige Mähne stand am Hals hoch, an welcher Thialfi sich fest hielt.

Der Drache breitete seine Flügel aus und erhob sich in die Luft. Er sackte leicht ab, um sich gleich wieder zu erheben. Dies wiederholte er und flog dabei Kreise. Thialfi gluckste vor Vergnügen.

Röskva war inzwischen aus ihrem Versteck hervor gekrochen und schaute staunend zu.

Sanft setzte der Drache auf dem Boden auf. Wieder rasierte er mit der Spannweite seiner Schwingen Bäume ab.

„Röskva, das war toll", rief Thialfi begeistert aus, als er vom Rücken des Tieres sprang. „Mach das auch mal."

„Sachte, sachte", brummte der Drache. „Wir sollten erstmal etwas klären. Findet ihr es richtig, dass euer Herr euch hier alleine lässt mit dem ganzen Geviech?"

„Nee, ich fand's gemein", platzte es Thialfi heraus. „Aber woher weißt du, dass der Donnergott unser Herr ist?"

„Das ist jetzt nicht wichtig. Wieso eiert euer Herr mit dem Nordjungen zur Gjallarbru. Wo doch jeder weiß, dass Lebende die Brücke nicht überqueren dürfen. Welch ein sinnloses Unterfangen!", lachte der Drache höhnisch. „Stellt euch vor, was euer Herr Thor für Augen macht, wenn ihr vor ihm auf der anderen Seite seid. Da soll's doch hingehen, nicht wahr?"

„Oh ja, das wäre beeindruckend", räumte Thialfi ein. „Manchmal traut Thor uns zu wenig zu."

„Er hat uns befohlen, hier zu warten", ermahnte Röskva ihren Bruder.

„Er hat aber auch gesagt, dass wir ihn immer begleiten werden. Und nun hat er uns einfach hier gelassen", maulte Thialfi.

„Ja, ja, auf der Götter Worte kann man sich nicht verlassen", grummelte der Drache.

„Dann bringst du uns über den Gjöll?", fragte Thialfi.

„Das dürfen wir nicht!", mahnte Röskva erneut. „Thor hat uns von unseren Eltern genommen. Wir sollten immer bei ihm bleiben. Und nun hat er uns hier allein gelassen. Das haben unsere Eltern nie gemacht."

Röskva sagte nichts mehr.

„Bring uns über den Gjöll", beschloss Thialfi eifrig.

„Was ist mit Tanngrisnir und Tanngnjostr?", fragte Röskva. „Du hast dich schon einmal an ihnen versündigt. Willst du sie jetzt einfach hier lassen oder mit ins Totenreich nehmen? Beides kannst du nicht machen, Thialfi."

Thialfi senkte beschämt den Kopf. Röskva hatte einen wunden Punkt getroffen.

„Und Geri und Freki?", forschte Röskva weiter. „Was ist mit ihnen? Sie sollen uns alle beschützen."

Der Drache hatte dem Mädchen aufmerksam zugehört. Thor würde seine Böcke niemals im Stich lassen, das wusste er. Und im Totenreich wollte er den Donnergott nicht wissen.

„Du hast Recht, Kleine. Die Ziegen sollten nicht ins Totenreich. Ihr könnt einen Wolf hier lassen, der sie bewacht und den anderen nehmen wir mit, damit der auf euch aufpasst. Dann bleiben alle beschützt."

„Gute Idee", freute sich Thialfi und stürmte auf Freki zu, um ihm seine Aufgabe mitzuteilen.

Röskva war skeptisch, hatte aber keine Gegenargumente mehr vorzubringen.

Thialfi befahl Geri, auf den Rücken des Drachen zu springen. Dann hievte er seine Schwester hinauf und zuletzt sich selbst. Er setzte sich hinter Röskva, umklammerte sie mit den Armen und griff wieder in die Mähne. Geri stand hinter Thialfi und wusste nicht recht, wie ihm geschah.

Der Drache breitete seine Schwingen aus und glitt sanft über den Gjöll. Auf der anderen Seite flog er noch ein Stück neben dem Totenfluss her, bevor er seine Fracht absetzte.

„Dort in der Ferne seht ihr die Gjallarbru. Von dort könnt ihr eurem Herrn Thor zuwinken."

Thialfi, Röskva und Geri gingen den Rest des Weges und blieben in sicherer Entfernung vor der Gjallarbru stehen.

Modgud war durch Thors Ausruf aufmerksam geworden und wandte sich neugierig den Kindern zu. Lebende im Totenreich waren ihr sehr willkommen.

Zu lange hatte sie keine lebendigen Wesen mehr gesehen.

„Ei, wer seid denn ihr? Kommt gerne näher", sagte sie und stapfte auf die drei zu.

Röskva versteckte sich hinter Thialfi, dem allerdings die Riesin auch nicht ganz geheuer erschien. „Geri, nieder", befahl er.

Der Wolf senkte seinen Körper und Thialfi setzte seine Schwester hinauf. Dahinter nahm er selbst Platz.

„Lauf", befahl er und Geri rannte davon.

Modgud schnaubte wütend, kehrte aber an ihren Wächterplatz zurück.

An der Stelle, wo der Drache die Kinder und den Wolf abgesetzt hatte, stoppte Thialfi den Wolf.

„Wir warten hier", sagte er. „Thor hat uns gesehen. Er wird kommen."

„Wie denn?", fragte Röskva. „Auch auf dem Drachen?"

„Keine Ahnung. Er wird einen Weg finden."

Am Gjöll

„Wie kommen die da hin? Wo sind meine Böcke? Und Freki? Hat das Gesinde etwa meine Böcke mit dem Gefräßigen allein gelassen? Das Görenvolk kann was erleben", wetterte Thor.

Er war nicht mehr zu halten und trat ebenso eilig wie wütend den Rückweg an. Jeder Schritt wurde von lautem Schimpfen begleitet. Gilby rannte hinter ihm her.

Vor dem Höhleneingang wartete Smurfel.

„Wo Hand?", fragte er.

Gilby hob die Schultern. „Sie liegt vor Modguds Höhle. Komm mit. Ich glaube, es gibt anderen Ärger."

Sie versuchten, Thor zu folgen, der vor Wut vergaß, dass er sich auf einem schmalen, rutschigen Pfad am Abgrund des Gjöll befand.

„Vorsichtig, Thor", rief Gilby ihm nach, doch der Donnergott reagierte nicht. Wie immer, wenn er wütend war, hielt er Mjölnir fest, um den kleine Entladungen zuckten.

Die Böcke begrüßten ihren Herrn mit freudigem blöken und Hörnerstupsern. Freki saß stolz erhobenen Hauptes auf seinem Hintern und hechelte nach Lob heischend.

Thor tätschelte ihm den Kopf. „Gut aufgepasst, alter Junge. Und dein Glück, dass du meine Ziegen nicht gefressen hast."

„Spann die Böcke ein!", forderte er Gilby auf.

„Vor den Wagen?"

„Wovor sonst?"

„Du erwartest doch nicht, dass sie den großen Wagen ziehen können", überlegte Gilby, der ahnte, was Thor vorhatte.

Mürrisch schubste Thor den Jungen beiseite und legte selbst den Böcken das Geschirr an. Er schien keine Zeit verlieren zu wollen.

„Du kannst Tanngrisnir und Tanngnjostr nicht mit ins Totenreich nehmen", belehrte Gilby den Gott.

„Die dummen Gören lassen mir keine Wahl. Rauf da", befahl er Freki, der folgsam auf den Wagen sprang.

Thor ergriff Smurfel, der wild zappelte und setzte ihn auf das Gefährt.

„Ich will nicht", wehrte sich das Skelettmännchen.

„Das wird zu schwer für die Böcke", schimpfte Gilby.

„Haltet den Mund, sonst lasse ich euch hier und fliege allein rüber", rüffelte der Donnergott.

Gilby sah ein, dass mit dem Asen kein Reden war und sprang auch auf den Wagen.

Thor schnalzte mit der Zunge und peitschte die Zügel. Blökend setzten sich die Böcke in Bewegung. Vor den Bäumen erhoben sie sich und zogen den Wagen mit in die Höhe. Er rumpelte gewaltig und sackte immer wieder ab.

„Schneller! Höher!", grölte Thor.

Verzweifelt blökend versuchten die Böcke an Tempo und Höhe zu gewinnen.

„Lasst das Blöken und nutzt eure Kräfte sinnvoll", stachelte Thor die Tiere an.

Die Ziegen waren still und zogen den Wagen tatsächlich höher. Doch reichte es nicht, um nicht ein paar Baumkronen abzurasieren.

„Ich Angst", jammerte Smurfel und zerfiel in seine Einzelteile.

„Was für ein Schisshase", kommentierte Thor.

Kurz darauf überquerten sie den Gjöll. Angesichts des tosenden Gewässers unter ihnen verfielen die Ziegen wieder in panisches Blöken und der Wagen sackte leicht ab.

„Ruhe verdammt noch mal!"

Gilby klammerte sich an Freki fest, der leise winselte. Dann waren sie über dem Gjöll hinweg. Thor lenkte die Böcke in Richtung Gjallarbru, bis Thialfi, Röskva und Geri zu sehen waren. Mit erleichtertem Blöken setzten die Ziegen auf dem Boden auf. Der Wagen folgte rumpelnd und Smurfels Knochenteile wirbelten durcheinander. Gilby scharrte sie schnell auf einen Haufen.

„Wir sind wieder unten", sprach er die Knochen an.

Die Knochen bewegten sich und klackten zusammen.

„Du Hand holen", war das erste Anliegen des Skelettmännchens.

Thor, Gilby und Freki liefen auf Thialfi, Röskva und Geri zu. Die Wölfe begrüßten sich freudig.

„Was fällt euch ein?", donnerte der Gott los.

„Haha", lachte Thialfi. „Wir waren schneller drüben als du. Kommt davon, wenn du uns alleine lässt und uns nichts zutraust."

„Es ging mir um eure Sicherheit, du Klugscheißer", wetterte Thor. „Ihr habt im Totenreich nichts verloren."

„Ich denke, wir alle wollen Fenris suchen", konterte Thialfi.

„Fenris zu finden ist meine Aufgabe", warf Gilby ein. „Thor hat Recht. Es ist zu gefährlich für euch im Totenreich."

„Wieso? Bis jetzt war gar nichts Schlimmes los", fand Thialfi.

„Das kann sich schnell ändern. Aber jetzt sind wir alle hier und sollten zusammenhalten statt zu streiten. Lass uns erst zur Gjallarbru und Smurfels Hand holen. Und dann muss ich die Hel sprechen", klärte Gilby die Situation.

Nach diesen Worten stiefelte Thor bereits emsig in Richtung der Brücke.

„Was hat der das denn so eilig?", überlegte Thialfi.

„Er hofft wohl, dass Modgud ihm wieder einen Kelch Met anbietet. Zweimal musste ich ihn am Rock zurückhalten, damit er die Brücke nicht betritt. Auf dieser Seite kann er das Gesöff annehmen", klärte Gilby auf.

„Ich hier bleiben", beschloss Smurfel.

„Ja, schon gut. Pass auf dich auf. Die Tiere bleiben auch hier."

Bald hatten sie die Gjallarbru erreicht. Modgud lehnte scheinbar entspannt an der Felswand ihrer Höhle, in einer Hand den Kelch, in der anderen hielt sie jedoch die Keule.

„Was für ein unnötiger Umweg", schleimte sie. „Und so viel Verstärkung? Sind das auch alles deine Abkömmlinge? Mit mir kannst du noch mehr haben. Darf ich dich jetzt zu einem guten Schluck einladen? Dann schickst du die Kinder weg und wir beide haben Spaß."

Thor griff gierig nach dem Kelch, doch die Riesin zog ihn schnell weg. Solche Scherze lagen dem Donnergott gar nicht. Verwegen grinste Modgud ihn an. „Komm näher, wenn du einen Schluck möchtest."

Thor wusste nicht, was genau Modgud vorhatte, doch war er jetzt auf der Hut, zumal sie immer noch die Keule hielt.

„Du bist wohl doch nicht so durstig, wie ich dachte", sagte Modgud, als Thor keine Anstalten machte sich ihr zu nähern. Kurzerhand schüttete sie den Inhalt des Kelches mit einem höhnischen Lachen in den Gjöll.

Thor erkannte, dass sie ein Spiel mit ihm trieb und zog wütend Mjölnir.

„Nein, nicht", rief Gilby. „Sie ist Dienerin der Hel. Ich will mit Hel keinen Ärger."

Doch Thor war zu sehr in Rage. Er schleuderte Mjölnir, der wie ein Stein zu Boden plumpste. Thor guckte verblüfft.

Modgud brach in schallendes Gelächter aus. „Du schöner Ase mit dem Verstand eines Wurms. Dein Hammer ist im Totenreich auf dieser Seite des Gjöll wirkungslos. War dir das etwa nicht bekannt?"

Keulenschwingend rannte sie auf den Asen zu. Thialfi flitzte an ihr vorbei. Verblüfft über dessen Schnelligkeit drehte sie sich um. Thialfi ergriff die knochige Hand Smurfels. Jetzt lief die Riesin mit der Keule auf den Jungen zu. Gilby zog hastig einen Halm und griff in seiner Brusttasche nach Hexenmehl. Schnell blies er das Mehl durch den Halm.

Modgud brüllte auf, als die Stichflamme sie im Rücken traf und ihr Haar entzündete.

Auf der anderen Seite des Gjöll erschienen wieder einige Verstorbene, die irritiert vor der Gjallarbru stehen blieben. Die Wächterin rollte sich auf dem Boden, um die Flammen zu ersticken. Dabei schlug sie mit der Keule wild um sich und traf das Brückengeländer. Goldbrocken flogen in den Gjöll.

„Lass uns hier verschwinden", riet Thor.

Sie liefen zunächst den Pfad oberhalb des Gjöll zurück zu Smurfel und den Tieren. Tanngrisnir und Tanngnjostr stürmten sofort ihrem Herrn entgegen. Geri und Freki saßen wachsam beieinander.

Smurfel fragte: „Wo Hand?"

Thialfi hielt ihm die Skeletthand hin. Smurfel griff danach und klickte sie an seinen Unterarmknochen.

„Gut", stellte er zufrieden fest.

„Und nun?" fragte Thor ungeduldig.

„Müssen wir zur Hel", antwortete Gilby.

„Wenn's sein muss", gnatterte der Donnergott. „Wo lang?"

„Ich weiß nicht. Letztes Mal hatte ich Skidbladnir."

Thor guckte Gilby grimmig an. „Du führst uns ins Totenreich und hast nicht den geringsten Plan?"

Gilby hob entschuldigend die Schultern.

„Was ist mit deiner Elfe? Die war doch auch dabei?"

„Schon, aber auch Ylva nannte Skidbladnir nur das Ziel."

„Sauber, Nordjunge. Wozu wolltest du sie unbedingt mit haben und hast uns die weite Reise nach Lichtalbenheim zugemutet? Bisher erkenne ich darin keinen Nutzen", giftete Thor.

„Damit du dir in Lichtalbenheim deinen Wams vollschlagen konntest", konterte Gilby frech, während Ylva wütend und mit spitzen Zähnen vor Thors Gesicht herum flatterte.

„Streitet nicht. Lasst uns lieber überlegen, wo wir am besten lang müssen", schlichtete Röskva die Lage.

Thor blickte auf Smurfel. „Der wohnt hier doch schon länger und kennt sich bestimmt aus."

Jetzt guckten alle erwartungsvoll auf das Skelettmännchen.

„Nicht das mit mir machen", gab Smurfel entrüstet von sich.

„Was denn?", fragte Thor.

Ylva mischte sich ein: „Er wird im Slid gewesen sein. Ein Fluss aus Eiter mit Schwertern, die seine Gebeine abgetrennt haben. Hel wirft böse Menschen dort hinein. Seine Knochen müssen in den Gjöll gestrudelt sein, wo Modgud sie heraus fischte."

Smurfel nickte traurig.

„Du brauchst keine Angst haben, Smurfel. Wir passen auf dich auf. In den Slid musst du nicht wieder", beruhigte Gilby den Kleinen. „Aber wenn du den Weg zur Hel weißt, sag es uns."

Smurfel schaute zu Gilby auf: „Du nett. Ich helfen. Müssen dort lang", und zeigte auf den Pfad, der weiter am Gjöll entlang führte.

„Unmöglich", schimpfte Thor. „Wie sollen wir alle den schmalen Pfad lang kommen? Mein Wagen passt da ohnehin nicht durch."

Dann lassen wir den Wagen und die Tiere wieder hier", schlug Gilby vor.

„Kommt gar nicht in Frage. Ich hab mir schon genug Sorgen um meine Böcke machen müssen und lasse sie nicht mehr allein mit dem Gierigen und dem Gefräßigen. Ich wundere mich sowieso schon, dass sie meine Lieblinge noch nicht gefressen haben. Wo doch Odin sich nur von Met und Bier, Luft und Liebe ernährt und sein Essen den Wölfen gibt."

„Gut. Dann lassen wir nur den Wagen hier und gehen alle", räumte Gilby ein.

Thor war einverstanden und die Böcke blökten zufrieden.

„Wo kommen wir denn hin, wenn wir dem Pfad folgen?", fragte Gilby das Skelettmännchen.

„Naströd."

„Naströd? Das ist die Halle, in der die Toten mit Schlangengift bespritzt werden", stellte Gilby entsetzt fest.

„Wir sind auf Helhesten da durch geritten", erinnerte Ylva.

„Ich weiß", sagte Gilby. Diesen Ort der Qualen mit den markerschütternden Schreien der Toten wollte er nicht noch einmal betreten. Aber er wusste auch, dass es einen anderen Weg, außer durch Nidhöggs Höhle, nicht gab.

„Dann lasst uns gehen", gab er sich geschlagen.

Der Höllenhund Garm

Sie bahnten sich ihren Weg unter überhängenden Felsvorsprüngen hindurch. Wasser triefte hinab und ließ den Boden zusammen mit dem aufsteigenden Dunst aus dem Fluss rutschig werden.

Plötzlich bebte der Erdboden und Geröll löste sich. Ein gewaltiger Schatten, begleitet von tiefem Knurren, ließ alle erstarren.

„Garm", wisperte Ylva.

Geri sträubte sein Fell, legte die Ohren an und fletschte die Zähne. Bereit zum Sprung duckte er sich.

„Nicht Geri", warnte Gilby, dem Geri gegenüber dem Höllenhund winzig wie eine Maus erschien. Tanngrisnir und Tanngnjostr blökten ängstlich. „Hoch mit euch", rief Thor. Die Böcke flogen hoch und der Höllenhund sprang ihnen nach. Er erwischte Tanngnjostr am Hinterlauf. Das Tier schrie hektisch auf. Freki rammte dem Hund seine Zähne in den Bauch. Geri schnappte nach Garms Hoden, welche die Größe gefüllter Mehlsäcke hatten, und schüttelte sich daran wild hin und her. Garm jaulte auf und ließ Tanngnjostr los, der sofort weiter in die Höhe flog. Der Hund sprang wie ein bockendes Pferd und warf die Wölfe ab.

Gilby griff in seine Brusttasche nach dem Pulver, während Ylva das ihre bereits warf, als der Höllenhund sich unerwartet auf Thialfi stürzte. Er packte den Jungen und schüttelte ihn wild hin und her. Immer wieder klatschte Thialfi gegen die Felswand. Röskva schrie nur noch. Thor zog Mjölnir, steckte ihn aber gleich wieder weg. Er musste sich jetzt auf seinen Kraftgürtel verlassen, sprang dem Hund an den Hals und drückte mit aller Kraft zu. Geri stürzte sich auf den Rücken des Untiers und verbiss sich in dessen Nacken. Garm ließ Thialfi fallen und schnappte nach hinten, als würde eine lästige Mücke ihn stechen. Den Donnergott schien Garm gar nicht zu bemerken. Ylva eilte zu Thialfi und belegte ihn mit

Algiz. Gilby griff mit einer Hand erneut nach dem Mehl und rammte Garm mit der anderen Hand das Schwert in den Bauch. Als wäre es nur ein Dorn, sprang Garm auf, warf dabei Geri ab und stürzte sich auf Gilby, der unter der gewaltigen Pfote vollständig begraben wurde. Geifernd und zähnefletschend guckte Garm mit seinen vier Augen wild um sich. Kurz lockerte er verdutzt den Druck der Pfote, als er ein Skelettmännchen einen albernen Tanz aufführen sah. Gilby konnte sich zumindest so weit drehen, dass er wieder Luft bekam.

Smurfel machte motiviert weiter und sang ein lustiges Kinderlied dabei. Wütend machte Garm einen Satz auf das Männchen, welches sofort in seine Einzelteile zerfiel. Irritiert guckte Garm auf die plötzlich leblosen Gebeine.

Ylva nutzte die Gelegenheit, warf ihr Pulver und malte eine Rune hinein. Doch Garm drehte sich um und zerstörte die Rune mit einem Hieb. Seine Pranke schoss auf Ylva zu, die sich in letzter Sekunde unsichtbar machte.

Garm fühlte sich genarrt und wurde immer wütender. Sein Blick fiel auf Röskva, die mit dem Knochenhaufen redete. Gallig katapultierte er mit einem Prankenschlag Röskva und die Knochen den Abhang hinunter. Gilby und Thialfi guckten entsetzt hinterher, wie Röskva und Smurfels Gebeine gurgelnd vom Gjöll verschluckt wurden.

Wütend rannte Thialfi auf den Höllenhund zu.

„Das wirst du büßen", rief er und sprang mit einem Satz an dessen Maul, um sich an den Lefzen fest zu klammern. Garm versuchte zu schnappen, doch seine Zähne stießen nur laut klackend aufeinander. Wieder rammte Gilby dem Hund sein Schwert in den Leib. Thialfi ließ die Lefzen los und rannte so schnell, wie Gilby es schon einmal erlebte.

„Na los, fang mich doch!", grölte Thialfi.

Nur eine Sekunde guckte Garm dem Jungen irritiert hinterher, um sich dann sofort wütend umzudrehen. Mit glühenden Augen funkelte er Thor und Gilby an.

Röskva und Smurfel

Röskva schrie laut auf, als sie in den Gjöll stürzte. Sofort riss das strudelnde Wasser sie in die Tiefe. Klauen griffen nach ihr, bekamen sie jedoch nicht zu fassen. Der Sog zog das Mädchen weiter mit sich, bis sie mit dem Kopf irgendwo gegen prallte. Die Luft ihrer Lungen wurde knapp und sie hatte Angst, besinnungslos zu werden. Mit letzter Kraft griffen ihre Hände nach dem Hindernis, welches sich jedoch löste. Unter Wasser sah sie verschwommen, dass sie Knochen in den Händen hielt und sich vor ihr ein Berg aus Gebeinen auftürmte. Vorsichtig versuchte sie, auf die Erhebung zu gelangen. Doch immer wieder rutschten Knochen ab. Plötzlich tauchte eine Pranke mit Krallen im Wasser auf. Röskva wusste keinen anderen Rat, als nach der Pranke zu greifen. Sie hatte keine Ahnung, was sie erwartete, doch nichts kam ihr schlimmer vor, als in diesem stinkenden Totenfluss zu ertrinken.

Sie wurde in die Höhe gezogen und bekam endlich wieder Luft. Über sich sah sie den Drachen.

„Du hast dir kein schönes Gewässer zum Baden ausgesucht", witzelte der Drache und setzte das Mädchen auf dem Boden ab.

„Danke", sagte Röskva nur. Sie war erschöpft, aber erleichtert.

„Wo soll ich dich hinbringen?", fragte der Drache. „Zu den anderen empfehle ich dir nicht. Die werden immer noch von Garm belästigt."

„Oh nein! Ich muss zu meinem Bruder."

„Das rate ich dir wirklich nicht. Du kannst da nichts ausrichten und gehst nur wieder baden."

„Smurfel!", fiel Röskva ein. „Smurfel ist noch im Gjöll."

„Wer ist Smurfel?"

„Ein Skelettmännchen. Er war in seine Knochen zerfallen und wurde mit mir herunter gestoßen."

„Da kann man wohl nichts machen. Wer weiß, wo die Knochen überall herum strudeln", folgerte der Drache.

„Oh bitte, kannst du nichts tun?", bettelte Röskva. Tränen schossen ihr in die Augen.

Mitleidig betrachtete der Drache das jammernde Bündel Mensch.

„Na gut", sagte er. „Warte hier."

Plötzlich verschwand der Drache und stattdessen sprang ein Lachs in den Fluss. Röskva guckte verdattert. Und noch mehr, als der Lachs aus dem Fluss schoss und einen Knochen vor ihre Füße spuckte. So ging das eine ganze Weile, bis ein Haufen aus kleinen Knochen vor ihr lag.

Der Drache tauchte wieder auf.

„Fertig", sagte er.

Röskva berührte die Knochen mit den Händen.

„Smurfel? Bist du das? Lebst du?"

„Was für eine alberne Frage", lästerte der Drache.

„Ein Skelett ist schon lange tot."

Die Knochen bewegten sich und setzen sich zusammen.

„Oh nein", schrie Röskva entsetzt auf.

„Brauche noch Hand", stellte das Skelettmännchen fest.

„Er braucht noch seine Hand", forderte Röskva den Drachen auf.

„Ich hab's gehört und sehe es."

Erneut sprang der Lachs in den Gjöll und spukte bald darauf eine skelettierte Hand aus.

Smurfel ergriff sie und klackte sie an. „Ich wieder zusammengebaut", kommentierte er zufrieden.

„Dankeschön wäre auch nett", fand der zurück verwandelte Drache.

Gilbys Helfer

Gilby richtete sein Schwert auf den Höllenhund, während Thor mit einem Satz auf ihn sprang. Garm bäumte sich auf, warf den Donnergott ab und stürzte sich mit weit aufgerissenem Maul auf Gilby. Gleichzeitig hieb er dem Jungen das Schwert aus der Hand. Gilby war es nicht möglich, zu reagieren. Er roch den widerlichen fauligen Atem des Höllenhundes, als dieser zu schnappte.

Ylva versuchte ein Pulver zu werfen, wurde aber sofort beiseite geschleudert. Neben dem Schlund des Hundes tauchte Gilbys Fylgja auf. Ihren Mund wie zu einem Schrei weit geöffnet und aufgerissene Augen spiegelte ihre Verzweiflung wieder. Sie würde nichts mehr für ihren Schützling tun können. Traurig streckte Gilby einen Arm nach ihr aus und schloss ergeben die Augen.

Ein lautes Heulen, welches die Felswände erschütterte, riss ihn aus der Lethargie seines bevorstehenden Todes. Noch in den Fängen des tobenden Garm sah er einen weiteren Kopf eines Untiers über sich. Dieser verbiss sich knurrend in den Schädel des Höllenhundes. Gilby hörte ein schauerliches Knacken und plumpste zu Boden. Benommen rappelte er sich auf. Sein ganzer Körper schmerzte und Blut triefte aus den Bisswunden.

Seine Fylgja war verschwunden. Stattdessen erkannte er das Untier, welches mit Garm kämpfte. Fenris!

Der Wolf griff Garm immer wieder an, doch dieser war nicht mehr imstande, sich zu wehren. Zu heftig war der Biss in seinen Schädel gewesen. Fenris hing an der Kehle des Hundes und ein Biss würde genügen, um Garm zu töten. Aber er tat es nicht. Garm taumelte zu Boden und blieb laut winselnd liegen. Fenris schleckte ihm den demolierten Schädel.

Fassungslos schaute Gilby zu. Auch Thor und Thialfi näherten sich.

„Dann haben wir den Feigling ja gefunden", frohlockte Thor.

„Wieso tötest du diesen verfluchten Hund nicht?", fragte Thialfi Fenris. „Er hat meine Schwester in den Gjöll geworfen."

Bevor Fenris antworten konnte, verdunkelte sich die Schlucht. Alle schauten auf und sahen einen riesigen Flügel, der jedoch gleich wieder verschwand. Kurz darauf erblickten sie Röskva und Smurfel oben auf den Felsen.

„Röskva, du lebst", schrie Thialfi auf.

„Ja, der Drache hat mich gerettet. Und Smurfel ein Lachs."

Thor wurde hellhörig. „Drache? Lachs?"

„Der Drache, der uns über den Gjöll brachte?", fragte Thialfi.

„Genau der", antwortete Röskva.

„Soso, ein Drache also", sinnierte Thor, dem einfiel, dass bisher gar keine Zeit war danach zu fragen, wie die Kinder und der Wolf über den Gjöll kamen. „Und das Skelett wurde von einem Lachs gerettet?"

„Ja genau. Aber dann war der Drache weg. Als hätte er sich verwandelt", überlegte Röskva.

„Loki", grölte Thor. „Das kann nur dieser verdammte Missetäter gewesen sein." Vor Wut griff er nach Mjölnir.

„Lass! Mjölnir wirkt hier nicht", erinnerte Gilby den Donnergott. „Und für Loki haben wir jetzt keine Zeit."

„Ich will ihn mir greifen, wenn der sich hier rum treibt", wütete der Donnergott.

„Wirst du nicht. Hier geht es um meinen Auftrag. Du bist nur mein Geleit, mehr nicht", nordete Gilby den Asen ein und ging auf den Wolf zu.

„Fenris, du hast mir das Leben gerettet. Danke."

„Das war ich dir schuldig", antwortete der Wolf.

„Ach wo", sagte Gilby. „Du bist mir nichts schuldig. Aber warum hast du Garm nicht getötet?"

„Warum wohl nicht?", ertönte eine Stimme aus dem Hintergrund.

Gilby schaute sich um.

„Hel!", entfuhr es ihm überrascht.

„Ja ich. Was hast du hier zu suchen? Wir hatten eine Abmachung. Nur als Toter solltest du mein Reich wieder betreten. Über die Gjallarbru, wie es sich gehört. Und nun krebst du hier schon wieder lebendig rum. Als ob du es nicht erwarten kannst."

Gilby wusste, dass er die Göttin nicht belügen durfte, wenn er es später einmal gut bei ihr haben wollte.

„Ich suchte Fenris", gab er deshalb ehrlich zu.

„Den hast du ja jetzt gefunden. Und?"

Hel wirkte patzig, was Gilby zur Vorsicht mahnte. Die anderen zogen sich zurück.

„Was willst du?", wiederholte Hel ihre Frage mit gefährlichem Unterton.

„Fenris zu den Göttern bringen. Ich hab's versprochen", wimmerte Gilby.

„Du hast mich befreit, um mich dann den Göttern wieder auszuliefern?", knurrte Fenris. „Ich werde nicht mitkommen."

„Und ich gebe ihn dir nicht mit", ergänzte Hel bestimmt.

Gesenkten Hauptes wendete sich Gilby ab. Er war so dumm. Wie hatte er etwas anderes erwarten können?

Thor stapfte maulend hinterher. „Wie jetzt? Das war's?"

„Lass mich in Ruhe. Ich will alleine sein."

Die Norne Skuld

Gilby folgte nachdenklich dem Pfad an der Schlucht des Gjöll. Thor blieb missmutig zurück.

Eine Einbuchtung im Fels lud Gilby ein, sich auf einen großen Stein zu setzen. Den tosenden Fluss nahm er ebenso wenig wahr wie die Wasserspritzer, die sein Gesicht trafen. Er wusste nicht mehr, was er tun sollte und ihm wurde bewusst, dass er verloren hatte. Er konnte sein Versprechen nicht halten. Seine Idee, Midgard vor dem Untergang retten zu wollen, kam ihm nun lächerlich vor. Nur mit der Befreiung des Fenriswolfes war es nicht getan. Das wurde ihm jetzt mehr als je zuvor bewusst.

„Gib nicht auf, Gilby", weckte eine Stimme ihn aus seinen trüben Gedanken.

Er richtete den Blick auf. Verschwommen nahm er ein weibliches Wesen in einem weißen Gewand wie einen Geist wahr.

„Wer bist du?", fragte er.

„Ich bin Skuld, die Norne der Zukunft. Ich sehe, was geschehen wird. Doch mein Bild stimmt nicht mehr."

„Wie meinst du das?", hakte Gilby nach.

„Ich habe gesehen, dass der Wolf zu Ragnarök frei kommt. Aber er ist schon jetzt frei."

„Weil ich ihn befreit habe. Aber was nutzt es, außer das Fenris seine Freiheit zurück hat", antwortete Gilby frustriert.

„Ich sah auch, dass Loki unter einer Schlange gefesselt wird, nachdem er Balders Tod verursachte. Und..."

„Moment", fiel Gilby der Norne ins Wort. „Loki sollte gefesselt werden, wenn er Fenris befreit."

„Wie kommst du denn darauf?", fragte Skuld.

„So hat Loki es mir erzählt. Deswegen sollte *ich* Fenris befreien."

„Das sieht dem Feuergott ähnlich. Nein, ich habe gesehen, dass Loki den Tod Balders herbeiführt.

Deswegen wird er unter einer Schlange in Fesseln gelegt. Zu Ragnarök wird auch Loki frei kommen und gemeinsam mit seiner Tochter eine Armee aus Hels Totenreich nach Asgard führen."

„Dann sagst du die Prophezeiungen voraus?", fragte Gilby.

„So ist es."

„Wer ist denn Balder? Und lebt er noch? Was will Loki denn mit ihm machen?" Gilbys Lebensgeister waren neu geweckt.

„Viele Fragen auf einmal. Aber ich will versuchen, sie zu beantworten. Erst einmal, ja, Balder lebt noch. Er ist ein Sohn Odins und dessen Gattin Frigg. Balder ist der Lichtgott – schön, barmherzig, weise und wird von allen geliebt. Er hat einen Sohn. Sein Name ist Forseti. Das ist der Gott für Recht und Gesetz und er hat den Vorsitz im Thing."

„Ich denke, das ist Tyr?", warf Gilby ein.

„Tyr war es einmal. Er hat nicht mehr alle Rechte. Nachdem er seine Eidhand an Fenris verlor, darf er Eide nicht mehr bestätigen. Er macht es trotzdem immer noch, weil er dieses Amt nicht abgeben will."

Gilby wuschelte sich seinen roten Schopf.

„Ich habe meinen Eid vor Uller geleistet und Tyr hat die Rechtmäßigkeit anerkannt."

„Das ist ein Problem. Dein Eid ist ohne Wert, wenn Forseti ihn nicht bestätigte."

„Die Götter lügen alle und sind nur auf ihren Vorteil bedacht", sagte Gilby entsetzt.

„So ist es leider, mein Sohn", antwortete Skuld.

„Kannst du nichts dagegen tun?"

„Nein, ich bin nur eine Seherin. Den Lauf der Dinge kann ich nicht beeinflussen."

„Aber Odin denkt, was du siehst, wird geschehen?", forschte Gilby weiter.

„Genauso ist es."

„Haha", jubelte Gilby. „Dann hatte ich doch Recht. Die Prophezeiungen kann man ändern."

Skuld lächelte ihn wissend an.

„Und Ullers Zorn darf mich auch nicht treffen, wenn mein Eid nicht von Forseti abgenommen wurde?"

„Normalerweise nicht. Aber du hast ja schon gemerkt, dass die Götter machen was sie wollen."

„Das stimmt", gab Gilby zu. „Wie wird Balder sterben?"

„Balder erzählt seiner Mutter Frigg von einem Traum, in dem er seinen Tod sieht. Frigg geht zu jedem Tier und jeder Pflanze, zu jedem Stein und Gegenstand und fordert von allen einen Eid, ihren Sohn niemals zu verletzen. Eine junge Mistel lässt sie aus. Die Pflanze scheint ihr zu klein. Dies bringt Loki in Erfahrung, indem er als altes Weib verkleidet Frigg aufsucht und die Mistel an sich bringt. Die

Asen machen sich einen Spaß mit dem unverwundbaren Balder, beschießen und bewerfen ihn. Doch nichts kann ihn töten. Loki reicht die Mistel Hödur, dem blinden Bruder Balders. Er solle sich doch am Spiel beteiligen. Hödur schießt den Mistelzweig auf Balder, der sofort tot zusammen sinkt."

„Oh nein", ruft Gilby aus. „Ich hätte nie gedacht, dass Loki so hinterhältig sein kann."

„Es ist ja nur, was ich sehe", räumte Skuld ein. „Noch ist es nicht eingetreten."

„Ich verstehe", antwortete Gilby andächtig.

„Sollte es so eintreten, wäre es besonders tragisch, weil ausgerechnet Balder die Götter überredete, aus Loki einen Asen zu machen", fügte Skuld hinzu. „Ich muss jetzt wieder an die Wurzeln Yggdrasils zurück. Ich hoffe, dir geholfen zu haben und wünsche dir alles Gute."

„Danke. Ja, du hast mir sehr geholfen. Aber was machst du an den Wurzeln vom Weltenbaum?"

„Ich tränke sie mit meinen Schwestern Urd und Verdani mit dem heiligen Wasser aus dem Urdbrunnen und wir balsamieren sie mit dem Urdschlamm ein. So schützen wir Yggdrasil und der Baum bleibt immergrün."

„Das ist schön", lobte Gilby. „Vielen Dank nochmal, Skuld. Ich habe viel von dir erfahren."

Hel

Der Geist der Norne verschwand und Gilby lief aufgeregt zurück, vorbei an dem mürrisch und verdutzt drein blickenden Thor, zu Fenris und Hel.

„Es ist alles gut", sprudelte es aus ihm heraus. „Fenris kann in Hel bleiben, wenn er mag. Aber wir müssen hier jetzt wieder weg. Hilfst du mir, Hel?" Flehend schaute er die Totengöttin an.

„Ich weiß zwar nicht, was deinen plötzlichen Frohsinn verursacht hat, aber ich helfe dir. Gehen wir zur Gjallarbru."

„Da ist noch ein kleines Problem", wandte Gilby ein.

„Das da wäre?"

„Smurfel."

„Wer oder was ist Smurfel?", fragte Hel.

„Ein kleines Kind. Also war es einmal. Jetzt ist es nur noch ein Skelett. Es muss schon lange hier sein. Modgud fischte seine Knochen aus dem Gjöll und baute es zusammen. Ich glaube, Smurfel möchte nicht hierbleiben."

Hel guckte Gilby missgelaunt an.

„Du weißt, dass Tote mein Reich nicht mehr verlassen dürfen?"

„Ja, ich weiß. Aber Smurfel ist so niedlich."

„Niedlich? Ein Skelett?" Hel konnte nicht glauben, was der Junge da von sich gab.

„Ja wirklich. Du müsstest ihn mal sehen."

„Warum ist er hier?", wollte Hel wissen.

„Ich weiß nicht, wie er gestorben ist. Nur, dass er seine Katze ersäuft hat, weil die sein Huhn fraß."

„Ein Tier zu ersäufen ist böse", bemerkte Hel grimmig.

„Stimmt. Aber er war doch noch ein kleines Kind."

„Auch Kinder dürfen das nicht. Aber ich werde mir diesen Smurfel mal ansehen und dann entscheiden", beschloss Hel.

„Ich möchte erst mit ihm alleine sprechen. Er wird Angst haben und dann fällt er auseinander."

„Ich bin auf's äußerste gespannt", verkündete Hel.

„Er steht oben auf der Schlucht. Wie komme ich dort hinauf?"

Hel grinste und pfiff. Gilby hörte ungleichmäßiges Geklapper von Hufen.

„Oh nein!", rief er aus. „Nicht Helhesten."

Doch schon stand das dreibeinige Totenpferd vor ihm.

„Ist doch nur kurz", sagte Hel, sprang auf das Pferd und zog Gilby hinauf.

Oben angekommen, sprang Gilby schnell von diesem stinkenden Gaul herunter und ging zu dem Skelettmännchen.

„Smurfel, willst du hierbleiben oder mit?"

„Nicht hierbleiben."

„Gut. Dann möchte Hel dich aber sehen."

„Nein! Nicht!"

„Smurfel, vertraue mir. Hel ist nicht so böse."

„Aber ich Katze ersäuft."

„Ja, das habe ich ihr gesagt. Sie möchte dich trotzdem sehen."

„Sonst ich muss hierbleiben?"

„Dann ja."

„Aber ich Angst."

„Ich weiß, Smurfel. Ich bin doch bei dir. Bist du bereit?"

„Muss wohl."

Gilby winkte Hel heran. Ihr Blick fiel zunächst auf Röskva.

„Wer ist das?", fragte sie missgelaunt.

„Nicht jetzt", bat Gilby. „Ich erkläre dir das nachher. Schau dir erstmal Smurfel an."

Neugierig schritt die Göttin auf das Skelettmännchen zu, dass so schlotternd vor ihr stand, dass alles an ihm klapperte.

„Meine Güte", sagte Hel. „Der hat ja richtig Schiss. Erzähle mir, woran bist du gestorben?"

„Katze ersäufen war schwer. Ich nass, krank und dann tot."

„Du weißt, dass man keine Tiere ersäufen darf?",
mahnte Hel.

„Ja, weiß. Aber hat Huhn gefressen. Huhn war
lieb."

„Bei mir bleiben möchtest du nicht?"

„Nein. Modgud böse."

„Und wenn ich dich in meinem Reich behalte?
Fern von Modgud. Wo du dir ein Heim mit Hühnern
schaffen kannst?"

Jäh hörte Smurfel auf zu schlottern. Ungläubig
schaute er abwechselnd zu Gilby und zur Hel.

Gilby nickte ihm aufmunternd zu. „Wenn ich gestorben bin, komme ich auch hierher und dann sehen
wir uns wieder."

„Gut", sagte Smurfel zu Gilby und wandte sich
Hel zu. „Du nett. Ich bleiben."

Gilby und Hel grinsten sich an.

„Du hast recht", sagte Hel. „Wirklich niedlich.
Dann können wir jetzt zur Gjallarbru gehen."

„Ich warten", beschloss Smurfel.

„Nein, du kommst schön mit. Modgud wird nicht
wagen, dir etwas zu tun."

„Will nicht", entgegnete Smurfel und fiel auseinander.

„Siehst du. So macht er es immer."

Gilby hockte sich vor den Knochenhaufen und
schimpfte: „Jetzt reiß dich zusammen, Smurfel. Oder

besser, setz dich wieder zusammen. Erzürne Hel nicht, wenn du es gut bei ihr mit deinen Hühnern haben willst."

Die Knochen bewegten sich und klackten wieder ineinander.

„Na gut", sagte Smurfel.

„Unglaublich", fand Hel.

„Wir müssen die anderen noch holen."

„Welche anderen?"

„Thor, Thialfi, Geri und Freki, Tanngrisnir und Tanngnjostr, Ylva und den Wagen."

„Wie bitte? Du willst mir nicht erzählen, dass die sich alle in meinem Reich herum treiben?", fragte Hel ungläubig.

„Ich kann nichts dafür." Gilby zuckte die Achseln.

„Da hat wohl der Donnergott mit zu tun", sagte Hel abfällig.

Gilby gewann den Eindruck, dass sich die beiden Gottheiten nicht sonderlich mochten.

„Sehen wir zu, dass ihr hier rauskommt, bevor ich es mir anders überlege", beschloss Hel. Sie befahl Helhesten, die anderen aus der Schlucht zu holen. Ihr Pferd gehorchte und flog schlingernd in die Schlucht.

„Was will der Klepper?", hörte Gilby den Donnergott fragen.

„Euch hinauf holen, damit Hel uns hier raus bringt", rief er Thor zu.

„Ich denk nicht dran, auf diesen halbtoten Zossen zu steigen. So wie der aussieht, bricht er unter mir zusammen und ich versinke mit ihm im Gjöll."

Hel antwortete: „Du kannst gern dort unten versauern. Garm wird sich freuen, ein Spielzeug vorzufinden, sobald er sich erholt hat."

Die Böcke befanden sich immer noch hoch über dem Gjöll und blökten aufgeregt. Thor schaute hoch und sah, wie sie zu Gilby und Hel flogen.

„Tanngrisnir und Tanngnjostr sind klüger als du", rief Gilby und begrüßte die Böcke.

Hel schaute auf die Tiere. „Ich werde euch behalten, wenn euer Herr dort unten bleiben möchte."

„Irgendwann werde ich dich mit Mjölnir erschlagen", grölte Thor, griff aber nach Thialfi und setzte ihn auf Helhesten, der mit dem Jungen sofort nach oben flog.

Röskva lief auf ihren Bruder zu und flog ihm in die Arme.

Helhesten war wieder unten und wieherte kränklich.

„Wie soll das jetzt mit den Wölfen gehen?"

„Nicht anders."

Geri sprang auf den Rücken des Totenpferdes und wurde anstandslos nach oben befördert. Freki tat es ihm gleich. Thor sah verblüfft zu und bestieg ebenfalls das Pferd.

„Widerlich, wie das stinkt", maulte er naserümpfend.

Zuletzt holte Helhesten Fenris ab, der deutlich größer als das Pferd war. Doch selbst den Wolf beförderte der Gaul ohne Probleme.

Als alle versammelt waren, bestaunte Hel die Gruppe und schüttelte verwundert den Kopf. Sie schlich an Thor vorbei, der missmutig mit verschränkten Armen wie ein bockiges Kind herum stand, und musterte ihn abfällig von oben bis unten.

„Und jetzt noch der Wagen", sagte Gilby. „Er ist dort hinten abgestellt."

„Wie kommt dieses Riesengefährt hierher?", fragte Hel staunend.

Die Antwort lieferten mit stolzem Blöken Tanngrisnir und Tanngnjostr.

Thor spannte Geri und Freki ein, die Ziegen sprangen auf den Wagen und zupften gierig an dem immer noch vorhandenen Heu. Gilby setzte Smurfel hinauf und sprang selbst hoch wie auch Thialfi, der seiner Schwester half.

„Komm auch mit rauf", lud Gilby Hel ein.

„Vielen Dank, aber auf dem Gefährt ist jemand, dessen Nähe mir zuwider ist", lehnte Hel ab und schwang sich auf Helhesten.

So machte sich der sonderbare Trupp auf den Weg zur Gjallarbru. Fenris lief nebenher.

Von weitem sahen sie Modgud, die wütend hin und her stapfte und mit der Keule um sich schlug.

„Ich Angst", äußerste Smurfel.

„Brauchst du nicht", beruhigte Gilby erneut das Skelettmännchen. „Wir sind alle bei dir. Denk an die Hühner."

Modgud erblickte die Gruppe, hielt inne, warf die Keule weg und fiel auf die Knie.

Hel stieg von ihrem Pferd, schaute erst auf Modgud und sah dann den Schaden an der Gjallarbru.

„Steh auf! Was hat das zu bedeuten?", knirschte sie. „Und was ist mit deinem Haar passiert?"

„Der Asengott wollte mich mit seinem Hammer erschlagen und seine Brut hat mich angezündet."

„Seine Brut?", hakte Hel nach. „Wer soll das sein?"

„Dieser Rotschopf", sagte Modgud und zeigte auf Gilby.

„Soso", sagte Hel nur, die genau wusste, wer Gilbys Eltern waren. „Mjölnir ist diesseits des Gjöll wirkungslos und das ist dir wohl bekannt. Ebenso wie deine einzige Aufgabe darin besteht, die Toten zu kontrollieren. Etwas anderes steht dir nicht zu. Auch nicht Knochen aus dem Gjöll zu fischen und sie zusammen zu setzen. Und erst recht nicht, keulenschwingend zu randalieren wie ein wildgewordenes Stachelschwein. Jeden einzelnen Goldbrocken wirst du aus dem Gjöll holen und die Brücke reparieren. Du magst ja offensichtlich gerne im Fluss fischen. "

„Hel nett", tuschelte Smurfel Gilby zu.

„Sag ich doch."

„Jawohl, meine Meisterin", sagte Modgud und verbeugte sich tief vor Hel.

„So, und ihr verlasst mein Reich", wandte Hel sich den Eindringlingen zu. „Ich rate euch gut, nicht noch einmal hier aufzukreuzen."

Gilby, Thialfi und Röskva verabschiedeten sich von Smurfel.

„Ihr wieder kommen und Hühner gucken", bat er.

„Ja, irgendwann kommen wir", antwortete Gilby. Dann ging er zu Fenris. „Mach's gut, mein Freund. Wir sehen uns auch wieder."

Fenris stupste Gilby mit seiner großen Schnauze an. Dann drehte er sich um.

Gilby, Thialfi und Röskva bestiegen den Wagen. Thor hatte inzwischen die Böcke eingespannt, um aus der Schlucht heraus zu kommen. Geri und Freki saßen auch auf dem Wagen. Vorsichtig zogen Tanngrisnir und Tanngnjostr das beladene Gefährt über die Gjallarbru. Es passte gerade so eben zwischen den goldenen Geländern hindurch.

Dann peitschte Thor die Zügel. „Hoch mit euch", kommandierte er.

Die Ziegen bockten.

„Was habt ihr?", schimpfte Thor.

„Der Wagen ist zu schwer für sie", sagte Gilby.

Ylva flog über die Böcke, warf ein Pulver hoch und malte eine Rune hinein. Das Pulver senkte sich auf die Tiere und sie gehorchten dem Befehl. Sie zogen den Wagen in die Höhe als wäre er eine Feder.

„Was war das?", fragte Thialfi fasziniert.

„Thurisaz. Eine Kraftrune", antwortete Ylva.

„Wie genial. Kannst du das auch mit mir machen?"

„Runen sind kein Spielzeug. Für dich habe ich schon Algiz verwendet. Sonst würdest du jetzt immer noch unten am Gjöll liegen", erinnerte Ylva knapp.

Hinter den hohen Bäumen lenkte Thor die Böcke nach unten, spannte sie aus und die Wölfe ein. Dann begaben sie sich auf den Rückweg, durch die eisige Welt Niflheims und durch den dunklen Eisenwald zurück nach Midgard.

Der Donnergott wirkte immer noch maulig.

„Du bist erzürnt", stellte Gilby fest.

„Was erwartest du, Nordjunge?", schnaufte Thor.

„Ich weiß nicht, für was diese Reise gut sein sollte. Nicht die geringsten Anstalten hast du unternommen, die Bestie mitzunehmen. Und diesem verfluchten Loki konnte ich auch nicht den Schädel einschlagen."

„Nun, mir hat die Reise viel gebracht", erwiderte Gilby. „Aber was ist dein ewiges Problem mit Loki?"

„Er hat viel angerichtet, außer dass er jetzt auch noch seine Brut nach Hel geschafft hat."

„Was hat er denn noch angerichtet?"

„Zum Beispiel schnitt er meiner Gemahlin Sif ihre wundervollen Haare ab, während sie schlief."

„Aber sie hat doch ganz wunderschön goldenes Haar", wandte Röskva ein.

„Ich hätte ihm auf der Stelle jeden Knochen einzeln gebrochen, wenn er mir nicht versprochen hätte, Sif neue Haare zu besorgen."

„Wo hat er die her?", fragte Gilby.

„Aus Schwarzalbenheim von den Zwergen. Ivaldis Söhne fertigten für Sif neues Haar aus purem Gold."

„Also hat er sein Versprechen gehalten und seinen Streich wieder gut gemacht", fand Gilby.

Thor antwortete nicht.

„Warum erzählst du nicht weiter?", hakte Ylva nach. „Zum Beispiel wie du zu Mjölnir kamst. Das gehört doch auch zur Geschichte."

„Das tut nichts zur Sache", murrte Thor.

Doch es war zu spät. Gilbys Ohren standen bereits voll auf Empfang.

Da Thor nichts mehr sagte, fuhr Ylva fort: „Loki dachte sich, dass die Reise nach Schwarzalbenheim sich auch lohnen sollte und bat um weitere Geschenke für die Götter. Ivaldis Söhne waren erfreut über diese ehrenvolle Aufgabe, fertigten Skidbladnir und Gungnir."

„Was ist Gungnir?", fragte Gilby.

„Ein Speer, der immer trifft und selbständig zu seinem Besitzer zurück kehrt", erklärte Ylva. „Jedenfalls war Loki angesichts dieser Gaben so begeistert, dass er noch mehr wertvolle Dinge wollte. Er hoffte, so die Ungnade der Götter ihm gegenüber beseitigen zu können und suchte die Brüder Brokk und Sindri auf. Denen zeigte er die Anfertigungen von Ivaldis Söhnen, die sie sicher nicht übertreffen könnten. Brokk und Sindri wollten dies nicht auf sich sitzen lassen und fertigten Mjölnir, Gullinbursti und Draupnir. Gullinbursti ist ein Eber mit goldenen Borsten, welche die Nacht erhellen. Er kann fliegen und über das Meer laufen. Draupnir ist ein goldener Zauberring. In jeder neunten Nacht tropfen acht gleiche Ringe von ihm ab. Den Ring bekam Odin, ebenso Gungnir. Frey besitzt Skidbladnir und Gullinbursti. Und wer Mjölnir bekam, weißt du ja", beendete Ylva die Geschichte.

„Du lässt auch die Hälfte aus", meckerte Thor. „Loki hat nämlich Brokk beim Pusten in den Blasebalg gestört, indem er ihn als Mücke verwandelt ins Augenlid stach. Brokk hörte kurz auf zu pusten und deswegen ist Mjölnirs Stiel zu kurz geraten und ich kann den Hammer nur mit einem Eisenhandschuh führen."

Gilby wuschelte sich den Schopf. Der Donnergott dachte soweit, wie ein Pferd mit Scheuklappen blicken konnte.

„Sif die Haare abzuschneiden war sicher nicht richtig, ein dummer Streich. Aber als Wiedergutmachung brachte Loki euch so viele Schätze, von denen ihr nur Vorteile habt. Nichts hat Loki für sich behalten, alles gab er euch. Und du regst dich immer noch über Sifs abgeschnittenes Haar und dem kurzen Stil von Mjölnir auf. Schäm dich, Thor."

Trotz seiner Worte hatte auch Gilby begriffen, dass Loki zwei Gesichter hatte. Aber das brauchte er Thor nicht auf die Nase binden.

Zurück in Midgard

Inzwischen hatten sie Midgard erreicht. Tempo und Ausdauer der Wölfe waren ungebrochen. Über ihnen kreisten Hugin und Munin, Odins Raben. Sie landeten auf dem Wagen und krächzten freudig. „Hallo, ihr beiden", begrüßte Gilby die Vögel. „Bestellt Odin, er möge sich zum Thing begeben und Uller mitbringen." Die Raben flogen in Richtung Asgard davon.

Mit ernsten Mienen warteten Odin, Uller und Tyr am Thingplatz bei der Weltenesche Yggdrasil.

Gilby war gewappnet, denn er wusste, was ihn erwartete. Odin begrüßte zunächst Geri und Freki, die freudig um ihren Herrn herum tänzelten. Dann wandte er sich an Gilby.

„Hugin und Munin berichteten mir bereits, dass du ohne den Fenriswolf zurückkommst. Du hast dein Versprechen nicht gehalten."

Tyr nickte bestätigend und Uller blickte zornig.

Gilby hob abwehrend die Hand und gebot so den Göttern zu schweigen. Dann streifte er seinen Eidring ab. Uller und Tyr schauten überrascht.

Gilby ergriff das Wort: „Ich habe versprochen, Fenris zurück zu bringen. Doch ich versprach nicht, dass es jetzt geschehen würde. Die Zeit ist noch nicht reif."

Er machte eine Pause und wiegelte den Reif nachdenklich in seiner Hand. Sein Blick traf auf Tyr.

„Du verlorst deine Eidhand an Fenris und bist seitdem nicht mehr berechtigt, Eide zu bestätigen."

„Was redest für einen Unsinn, Junge?", fuhr Odin dazwischen.

Gilby hob erneut die Hand.

„Du weißt es, Odin. Nur deinem Enkel Forseti obliegt es, Eide heilig zu sprechen."

Gilby schaute wieder auf den Reif.

„Mir wurde gesagt, dass dieser Ring mich mit Vertrauen und Anerkennung auszeichnet. Ich werde mich nicht an etwas bereichern, was aus Lüge und Gier nach Macht geboren wurde."

Mit diesen Worten gab Gilby den Eidring Uller zurück, der ihn fassungslos annahm.

Etwas traurig war Gilby schon, erinnerte er sich noch zu gut an seinen damaligen Stolz. Doch es hatte sich viel verändert.

„Wenn du meinst, Uller, mich jetzt mit deinem Zorn treffen zu müssen, dann soll es so sein", fuhr Gilby fort. „Doch überlege, ob du dich damit nicht versündigen würdest. Auch dir als Eidgott ist bekannt, dass nur Forseti, Sohn des edlen Balders, den Eid bestätigten durfte."

Die Anwesenden standen recht ratlos und verdutzt herum.

Gilby holte weiter aus: „Bevor ich Hilfe von euch erhielt, habt ihr viel von mir gefordert. Jetzt werde ich fordern. Wenn meine Bedingungen alle erfüllt sind, werde ich mein Versprechen beeiden."

„Du bist nur ein Nordjunge und wagst es, Forderungen an uns Götter zu stellen?", schnaufte Odin.

„Du kannst es dir überlegen. Vergiss dabei nicht, dass Fenris frei und sein Hass groß ist. Ihr wollt doch nicht warten, bis er auftaucht und euch zerfleischt. Das waren doch deine Worte, Odin."

Gilby wusste, dass dies nie geschehen würde. Aber sollten die Götter es ruhig glauben.

„Also gut. Was erwartest du?", fragte Odin.

„Zuerst möchte ich, dass du mich zu Skuld führst."

„Zu der Norne? Was willst du von ihr?"

„Mehr über Ragnarök erfahren."

Odin lachte. „Das ist überflüssig. Ich kann dir genauso gut alles über Ragnarök erzählen. Schließlich habe ich mein Wissen von den Nornen."

„Das mag sein. Nur lebst und verhältst du dich danach, was die Nornen prophezeiten. Du schürst das Unheil und genau das sieht Skuld."

„Was für ein Schwachsinn", schimpfte Odin. „Du glaubst immer noch, die Prophezeiung ändern zu können?"

„Ich glaube es nicht, ich weiß es", entgegnete Gilby bestimmt. „Führe mich zu Skuld."

„Was willst du noch?"

„Mit deiner Gattin Frigg sprechen."

„Wozu soll das gut sein?", fragte Odin ungehalten.

„Das ist eine Sache zwischen Frigg und mir."

„Noch was?", fragte Odin unwirsch.

Jetzt wandte Gilby sich an Thor. „Ich möchte, dass du mit Thialfi und Röskva zu ihren Eltern fährst. Sie sollen sich wiedersehen. Deine Gattin Sif soll euch begleiten und als Göttin des goldenen Ährenfeldes das Land der armen Bauernfamilie fruchtbar machen. Du wirst ihnen Vieh und Hühner geben. Ob Thialfi und Röskva dann bei ihren Eltern bleiben oder dich weiter begleiten wollen, mögen sie selbst entscheiden."

Thor schnappte nach Luft. „Ich denk nicht dran."

Gilby schaute auf Thialfi und Röskva. „Was haltet ihr davon?"

„Natürlich wollen wir unsere Eltern wiedersehen. Und sie sollen auch nicht mehr arm sein", antwortete Röskva.

„Da hörst du's. Du hast nicht recht gehandelt, den Eltern zu drohen. Mach dein Unrecht wieder gut, Thor."

„Und wenn nicht?", schnaufte der Gott.

„Dann mach so weiter, warte auf Fenris und Ragnarök."

„Ich habe keine Furcht. Der Wolf soll nur kommen und Ragnarök auch. Dann töte ich endlich die Midgardschlange."

„Deren Gift auch dich töten wird", fügte Gilby hinzu.

„Wir werden die Forderungen erfüllen", bestimmte Odin. „Nur damit der Junge einen Eid auf sein Versprechen ablegt. An der Prophezeiung wird er nichts ändern können. Aber ich will den Fenriswolf hier haben. Dann lass uns keine Zeit verlieren. Gehen wir zu den Nornen."

Gilby und Ylva verabschiedeten sich.

„Grüß Naira von mir", bat Gilby.

„Das werde ich", antwortete Ylva.

Thor wollte sich seinem Vater anschließen, doch Odin wehrte ab. „Du erledigst inzwischen deine Aufgabe. Ich gehe mit Gilby allein."

„Lass uns", forderte er den Jungen auf.

Bei den Nornen

Gilby folgte dem Allvater. Zum ersten Mal ging er einen Weg nur mit Odin, außer als er vor einem Winter seine Reise zum Weltenbaum antrat und Odin ihn als Wanderer verkleidet ein Stück begleitete. Damals wäre er stolz gewesen, wenn er gewusst hätte, wer neben ihm ging und mit ihm sprach. Heute sah er den Gott mit anderen Augen.

An einer der großen Hauptwurzeln Yggdrasils öffnete sich versteckt ein Spalt. Von dort führte eine in Erde, Lehm und Gestein gemeißelte Treppe neben der Wurzel in die Tiefe. Gilby blieb nach einigen Stufen stehen und blickte fasziniert an dem gewaltigen Wurzelausbruch hinauf.

„Komm weiter, Junge", mahnte Odin, der neben der Wurzel wie ein Zwerg wirkte.

Andächtig stieg Gilby hinter Odin die Treppe hinab, die immer tiefer in das Erdreich führte und sich neben dem Austrieb des Baumes windete und schlängelte. Obwohl sie sich tief unter der Erde befanden, war es hell, fast gleißend weiß.

Gilby vernahm das Geräusch sprudelnden Wassers. Längliche Weiher zogen sich durch den Untergrund. Zwei Schwäne zogen ihre Bahnen auf den Gewässern. Gilby kniff geblendet die Augen zusammen, so weiß waren die Tiere.

Dann sah er drei Frauen unterschiedlichen Alters, die mit Krügen aus einer sprudelnden Quelle Wasser schöpften. Der Grund um die Quelle war ebenfalls gleißend weiß.

„Wir sind da", sagte Odin unnötigerweise.

Das hatte Gilby schon selbst bemerkt und auch Skuld erkannt.

Die Nornen beachteten die Ankömmlinge nicht und taten ihre Arbeit. Abwechselnd tränkten sie die Wurzel mit dem Quellwasser und balsamierten sie mit dem weißen Schlamm ein.

Gilby wurde bei dem hingebungsvollen Einsatz der Nornen bewusst, wie paradox dies war. Skuld hatte Ragnarök prophezeit, die zum Fall der Esche führen würde. Doch hier taten die Nornen so, als würde Ragnarök niemals eintreten.

„Es ist wegen Nidhögg und den Schlangen. Sie versuchen, die Wurzeln zu zerstören", sagte eine der Nornen im Vorbeigehen zu Gilby, als hätte sie seine Gedanken gelesen. Dabei würdigte sie den Jungen keines Blickes.

„Ja, ich hab gesehen, wie Nidhögg an den Wurzeln zerrt", berichtete Gilby.

Doch niemand reagierte auf ihn. Auch Odin gab keinen Mucks von sich und schaute nur still den Nornen zu, welche ebenfalls nicht miteinander sprachen. Gilby traute sich auch nicht mehr, die Nornen bei ihrer Arbeit zu unterbrechen. So begnügte er sich vorerst damit, die friedliche, helle Atmosphäre tief unter der Erde in sich aufzunehmen und betrachtete beeindruckt das emsige Treiben der Nornen.

Nach einer Weile legten sie ihre Krüge und Kellen beiseite, setzten sich neben die Wurzel und legten ihre Hände darauf ab. Die Hände waren ebenso weiß wie der Schlamm aus der Urdquelle.

„Du möchtest mehr über Ragnarök erfahren", unterbrach Skuld die Stille, so dass Gilby zusammen zuckte. Es war auch keine Frage, sie stellte es fest.

In Gilbys Kopf ratterte es. Was sollte er zuerst fragen? Was wollte er wissen, was musste er wissen?

„Du sagtest mir am Gjöll, dein Bild stimmt nicht mehr, weil der Fenriswolf jetzt schon vor Ragnarök frei ist", begann er. „Wieso konntest du nicht sehen, dass ein Nordjunge ihn befreien würde?"

Die älteste Norne, deren Haar so weiß wie das Federkleid der Schwäne war, antwortete: „Du solltest nicht sprechen."

Gilby schaute fragend. Wen meinte sie? Ihn oder Skuld? Sie hatte keinen von beiden angesehen. Die Gesichter der Nornen waren voneinander abgewandt.

Odin bemerkte die Unsicherheit des Jungen und sagte: „Es ist Urd. Sie blickt nur in die Vergangenheit. Skuld sieht in die Zukunft. Deswegen schauen sie immer in entgegengesetzte Richtungen, selbst wenn sie miteinander sprechen. Urd hat Skuld gemeint, nicht dich, Gilby. Rede weiter."

Gilby wunderte sich, wie ruhig und sanftmütig Odin sich hier in der Tiefe zeigte. Aber die Atmosphäre beeinflusste auch Gilby.

„Wenn es nicht gut ist, Skuld, brauchst du nicht antworten", sagte er.

„Ich werde deine Fragen beantworten. Meine Schwester Urd sieht nur, was bereits geschehen ist. Daran gibt es nichts mehr zu ändern. Aber ich als Jüngste sehe, was kommen wird."

„Und deine andere Schwester?", fragte Gilby.

„Verdani? Sie ist die Mittlere von uns und sieht nur die Gegenwart. Deshalb schaut sie immer geradeaus."

„Sie weiß also nur, dass Fenris frei ist und bei seiner Schwester Hel lebt?"

„Genau. Verdani weiß weder, was vorher war noch was geschehen wird."

Gilby wuschelte sich seinen roten Schopf.

„Ist das nicht eine perfekte Verbindung zwischen euch?", überlegte er. „Die Erfahrungen der Vergangenheit mit der Gegenwart und Zukunft zu vereinen?"

„Könnte man meinen", antwortete Skuld. „Doch ich sagte dir schon am Gjöll, wir sehen nur."

„Du hast Odin prophezeit, Fenris wird ihn an Ragnarök verschlingen", kam Gilby auf das eigentliche Thema zurück.

„Schweig!", fuhr Urd dazwischen.

Skuld ließ sich durch ihre ältere Schwester nicht beirren und bestätigte: „Genau das sah ich."

„Aus Angst vor dieser Weissagung ließ Odin den Wolf mit dem magischen Band Gleipnir fesseln", ergänzte Urd zu Gilbys Verblüffung.

Gilby begriff, wie die Geschwister zusammen wirkten. Wie die Weissagungen etwas beeinflussten. Und auch, dass Urd ihm die Wahrheit über Fenris Fesselung präsentieren musste. Vor allem begriff er, erneut vom Allvater angelogen worden zu sein.

Gilby blickte zu Odin, der keine Miene verzog.

„Du hast mir erzählt, Fenris gefesselt zu haben, weil er so groß wurde und du deshalb dachtest, er würde gefährlich werden", rügte Gilby den Asen.

Odin hob nur die Schultern. Er schien willenlos in Gegenwart der Nornen. In Gilby keimte der Verdacht auf, die Nornen könnten mächtiger sein als der Allvater.

„Wir sind es", beantwortete Urd die Gedankengänge des Jungen. „Uns gab es schon sehr lange Zeit vor Odin. Deswegen sind wir weiser."

Gilby wandte sich wieder an Skuld und hakte noch einmal nach: „Du hast nur gesehen, dass Odin an

Ragnarök von Fenris verschlungen wird, aber nicht, dass er Gleipnir angelegt bekam?"

„Nein, das sah ich nicht", antwortete Skuld. „Die Weissagung wird durch das Handeln der Götter zwar beeinflusst, jedoch ohne, dass sich am Ende etwas ändert. Fenris hätte sich an Ragnarök von Gleipnir befreit und Odin verschlungen. Er konnte durch die Fesselung seinen Tod nicht abwenden."

„Doch nun stimmt dein Bild nicht mehr? Heißt das, Fenris wird Odin an Ragnarök nicht verschlingen?", hakte Gilby nach.

„Ich sehe dies nicht mehr", antwortete Skuld.

Gilby blickte den Gott bedeutungsvoll an, der weiterhin ruhig und still der Unterhaltung lauschte.

„Wodurch wird Ragnarök eintreten?", forschte Gilby weiter.

„Ragnarök wird nicht durch ein bestimmtes Ereignis eintreten, sondern durch Verfehlungen der Götter und Menschen."

„Der Menschen?", wunderte sich Gilby.

Wieder übernahm Urd das Wort: „Die Menschen leben schon lange nicht mehr friedlich miteinander. Sie wurden neidisch und habgierig, beklauten und töteten sich."

„Das machen sie immer noch", warf Verdani ein.

Urd fuhr fort: „Auch die Götter machten viel falsch. Wie mit dem Fenriswolf. Sie schürten das

Unheil, um Gefahren abzuwenden und verschlimmerten damit alles. Die Asen wurden immer gieriger, listiger, selbst- und rachsüchtiger."

„Und es hört nicht auf", sagte Verdani. „Die Götter suchen die Schuld bei Loki und seinen Kindern. Doch es ist nicht Loki, nicht die Midgardschlange, nicht der Fenriswolf und nicht die Hel, die alles bedrohen. Es sind die Untaten der Götter und Menschen."

„Götter und Menschen werden es bis an die Spitze treiben. An Ragnarök kommt es zum Eklat. Die Götter werden gegen ihre vermeintlichen Todfeinde kämpfen. Alles wird beendet, damit alles von vorne beginnen kann und die alte Ordnung wieder hergestellt wird", erklärte Skuld.

„Und ihr könnt nichts tun?", fragte Gilby.

„Nein, nur die Götter und Menschen können es, wenn sie ihr Verhalten ändern", antwortete Skuld.

Gilby wuschelte sich den roten Schopf. Das klang alles sehr kompliziert. Wenn die ganze Gott- und Menschheit den Weltuntergang vorantrieb, würde er nichts dagegen ausrichten können.

„Wie konnte es soweit kommen?"

Urd antwortete: „Die Menschen verloren ihren Glauben an die Götter, weil diese zu sehr mit sich selbst beschäftigt waren. Sie fühlten sich ohne Schutz und Beistand, einfach im Stich gelassen. Früher achteten die Götter auf ihre Schäfchen in Midgard. Es herrschte Frieden und Eintracht. Der Krieg zwischen Asen und Wanen beendete diese Harmonie."

„Aber heute sind sich Asen und Wanen doch wieder gut gesonnen?", erinnerte sich Gilby an den Meeresgott Njörd.

„Das stimmt", sagte Verdani. „Aber Macht, Neid und Habgier blieben und sind seither gegenwärtig."

„Wir gewährten Odin Einblick in die Geheimnisse der Runen, nachdem er neun Monde und neun Sonnen von seinem Speer durchbohrt an Yggdrasil hing", erinnerte sich Urd. „Wir hofften, er würde die Weisheit der Runen erlangen. Aber das war ein Irrtum."

„Mit jeder seiner Entscheidungen bringt er uns Ragnarök näher", stimmte Verdani zu.

Gilby konnte schwer verarbeiten, was er bisher wusste und jetzt erfuhr. Er schaute auf Odin, doch der Ase verzog weiterhin keine Miene.

„Du siehst immer noch Ragnarök eintreten?", fragte er Skuld. „Aber nicht mehr, dass Fenris Odin verschlingen wird?"

„Ja, ich sehe Ragnarök kommen. Von Fenris habe ich kein Bild mehr."

„Es gibt viel mehr Menschen als Götter. Man müsste die Götter doch dazu bewegen können, dass sie den Menschen ihren Glauben und Schutz zurückgeben?", überlegte Gilby.

„So einfach ist das jetzt nicht mehr", antwortete Skuld. „Andere Wesen in den Welten beobachten das Verhalten der Götter und Menschen nahezu genussvoll und sind nun auch beteiligt. Sie wollen Ragnarök. Einer davon ist Surt."

„Wer ist das?"

„Der Herrscher über Muspelheim, ein mächtiger Feuerriese. Er wird Bifröst zerstören und mit seinem Feuerschwert die Welt in Brand setzten. Alle neun Welten werden in Flammen aufgehen. Alles Leben wird verbrennen – Götter, Menschen, Riesen, Zwerge, Tiere, Gnome, Tote, Feen, Elfen und Pflanzen werden zu Asche.

Gilby riss entsetzt die Augen auf. Das übertraf alles, was er bisher gehört hatte. Er dachte sofort an seine Mutter, seinen Vater, der im Reich der Ran weilte, an Naira, Ylva und überhaupt an alle, die ihm am Herzen lagen. Das durfte nicht geschehen. Aber ihm fiel auch Njörd ein, der mit einigen anderen Ragnarök überleben würde. Gilby wusste gar nicht mehr, wo ihm der Kopf stand. Es war alles so widersprüchlich.

„Siehst du keine Überlebenden?", fragte er Skuld.

„Doch, ich sehe Überlebende. Sonst könnte die alte Ordnung nicht wieder hergestellt werden."

Also hatte Njörd nicht gelogen, registrierte Gilby. Vielleicht hatten es ihm auch die Nornen prophezeit. Doch das war jetzt nicht wichtig.

Eine letzte Frage hatte Gilby noch: „Wann wird Ragnarök kommen?"

„Ich weiß es nicht", antwortete Skuld kopfschüttelnd. „Die Zeit der Frostriesen wird anbrechen. Sie bringen klirrende Kälte über die Welt. Es werden drei strenge Winter aufeinander ohne Sommer folgen. Eis und Schnee werden alles bedecken, die Wellen des Meeres gefrieren zu Bergen. Viele Menschen werden noch vor Ragnarök verhungern oder erfrieren."

„Davon ist ja jetzt noch nichts zu spüren. Also wird es wohl noch dauern", folgerte Gilby unbekümmert.

„Ich erzählte dir von Balder. Wenn meine Weissagung eintritt, werden sich die Anzeichen des Weltenendes mehren", fügte Skuld hinzu.

„Ich habe genug erfahren. Wir können gehen", wandte sich Gilby an Odin.

Gilby bedankte sich bei den Nornen und Odin verneigte sich leicht. Schweigend stiegen sie die Treppe hinauf. An der Oberfläche Midgards schnaufte Gilby erstmal tief durch.

Odin fand seine Sprache wieder: „Was hat sie dir von Balder erzählt?"

„Das möchte ich mit Frigg besprechen."

„Balder ist auch mein Sohn. Also geht es mich ebenso an."

„Du wirst es wohl schon noch erfahren", antwortete Gilby. „Erzähl mir lieber, was du zu den Worten der Nornen zu sagen hast."

„Nichts", murrte Odin.

„Nichts?", hakte Gilby nach. „Du pochst doch sonst so auf die Prophezeiungen. Jetzt hast du es selbst gehört: Die Macht liegt bei den Göttern, etwas zu verändern."

„Und du hast gehört, dass es zu spät ist. Skuld sieht weiterhin Ragnarök eintreten."

„Und was ist mit Fenris? Sie sieht nicht mehr, dass er dich verschlingt."

„Sie sagte, sie sieht gar nichts, was den Wolf angeht. Das heißt nicht, dass er mich nicht verschlingen wird."

Gilby gab es auf. Der Allvater begriff überhaupt nichts und war so stur wie eh und je.

„Wo treffe ich Frigg?", fragte Gilby.

„Wir gehen nach Gladsheim", beschloss Odin und pfiff nach Sleipnir.

„Gladsheim?", fragte Gilby verdutzt nach. „Das ist doch dein Palast in Asgard?"

„Ja, dort wohne ich mit meiner Gattin."

„Ich darf nach Asgard?" Gilby wurde ganz aufgeregt.

„Musst du wohl. Ich glaube nicht, dass Frigg Lust hat, nach Midgard zu gehen, um sich dummes Geschwätz von einem Nordjungen anzuhören."

Sleipnir kam wiehernd über die Regenbogenbrücke angetrabt.

„Wo sind eigentlich Geri und Freki?", fiel Gilby ein.

„Heimdall wird sie wohl nach Hause geschickt haben."

Odin hob den Jungen auf das Pferd und schwang sich selbst hinauf. Sleipnir flog nicht über Bifröst, sondern glitt galoppierend sanft hinüber. Gilbys Herz hüpfte. Vergessen waren all die gruseligen Geschichten. Nie hätte er sich träumen lassen, einmal über Bifröst nach Asgard zu gelangen.

Gladsheim

Die Strahlen der Brücke ließen Midgard in einem anmutigen Licht erscheinen. Fasziniert schaute Gilby auf seine Heimat, die immer kleiner wurde. Das züngelnde Feuer unter dem hohen Brückenbogen flößte ihm Respekt ein. Dann senkte sich Bifröst auf Asgard nieder. Die goldene Stadt mit ihren Türmen und Palästen rückte näher. Nachdem sie Bifröst überquert hatten, erhob sich Sleipnir in die Luft und glitt einem Palast entgegen, der alle anderen überragte. Seine Größe übertraf alles, was Gilby je gesehen hatte. Silbern schimmerte das Dach, welches auf Säulen aus rotem Gold ruhte.

Sleipnir flog über einen Fluss und einen Hain aus sattem Grün und setzte sanft vor einem riesigen Eingangsportal auf. Diener öffneten das goldene Tor und schon befand sich Gilby im Inneren von Odins Sitz.

Der Ase stapfte voraus und Gilby drehte staunend den Kopf in alle Richtungen. Wände und Decken bestanden aus purem Gold und Edelsteinen. Odin durchquerte einen Raum nach dem anderen, welche sich in verschiedenen Ebenen befanden.

„Ziemlich groß", fand Gilby.

„540 Räume", verkündete Odin stolz. „Aber gleich haben wir Fensal erreicht, die Gemächer meiner Gemahlin."

Er öffnete eine doppelte, goldverzierte Tür. Eine Frau mit langem wallendem Haar saß am Spinnrad. Als Frigg ihren Gatten sah, erhob sie sich, um ihn zu begrüßen.

„Du hast einen Gast mitgebracht?", fragte sie mit Blick auf Gilby.

Gilby verneigte sich. „Ich bin Gilby und komme aus Midgard", stellte er sich vor.

Frigg reichte ihm die Hand. „Ich bin erfreut, dich kennen zu lernen."

Frigg machte auf Gilby einen sanftmütigen, fast mütterlichen Eindruck.

„Er hat etwas mit dir zu besprechen. Es geht wohl um unseren Sohn Balder", sagte Odin und setzte sich.

„Ich möchte mit Frigg alleine sprechen", verkündete Gilby.

„Bitte Odin", sagte Frigg und deutete ihm mit einer Handbewegung an, den Raum zu verlassen.

Odin murrte, erhob sich aber widerwillig.

„Was ist dein Anliegen?", erkundigte sich die Göttin, nachdem Odin die Tür hinter sich geschlossen hatte.

„Es geht um eine Prophezeiung", begann Gilby. Er wusste nicht recht, wie er anfangen sollte und wuschelte sich den roten Schopf.

„Um eine Prophezeiung, die etwas mit Balder zu tun hat?", half Frigg dem Jungen.

„Ja. Die Norne Skuld berichtete mir, dass Balder seinen Tod träumen wird. Hiervon erzählt er dir und du lässt alle Lebewesen und Dinge schwören, Balder niemals verletzen. Eine junge Mistel verschonst du aber. Sie erscheint dir zu jung. Die Unsterblichkeit von Balder soll in Asgard gefeiert werden. Als altes Weib verkleidet besucht Loki dich und entlockt dir mit einer List, dass du die Mistel ausgelassen hast. Loki holt sich die Mistel. Bei der Feier beschießen und bewerfen die Götter deinen Sohn. Aber nichts kann ihm etwas anhaben. Bis Loki die Mistel Hödur gibt, damit er an dem Spiel teilnehmen kann. Balder wird tot umfallen", schloss Gilby sein Wissen.

Frigg hatte sich die Prophezeiung ruhig angehört und runzelte die Stirn.

„Es ist sehr lieb von dir, Gilby, dass du mir von der Prophezeiung erzählt hast. Doch es kann so nicht eintreten."

„Warum nicht?"

„Weil in Asgard nur Götter leben und keine alten Weiber. Bei einer Verkleidung Lokis als solche wäre mein Misstrauen sofort geweckt. Und die Götter sind wütend auf Loki und suchen ihn. Er wird sicher keinen Einlass in Asgard erhalten, um unbeschadet an einer Feier teilzunehmen."

Obwohl Frigg sanft und freundlich sprach, wirkten ihre Worte auf Gilby wie ein Schlag ins Gesicht. Warum war ihm das nicht selbst eingefallen. Er hätte es wissen müssen, als Skuld ihm von der Weissagung erzählte. Er wusste doch, dass in Asgard keine Menschen lebten und die Götter wütend auf Loki waren. Am liebsten würde er sich selbst ohrfeigen. Alles hatte er hinterfragt und seine Erfahrungen zu Gedanken zusammen geführt. Nun hat er kläglich versagt.

„Das stimmt", gab Gilby kleinlaut zu. „Daran habe ich nicht gedacht."

„Das ist überhaupt nicht schlimm, Gilby", beruhigte Frigg ihn. „Ich werde trotzdem sehr aufmerksam sein, sollte Balder mir von seinem Traum berichten."

Gilby war dennoch bekümmert. Doch dann fiel ihm ein, dass er Balders Tod vielleicht schon verhindert hatte. Durch Fenris Befreiung hatte er die Prophezeiung geändert. Und wenn Balder nicht stirbt, würden sich auch die Anzeichen für Ragnarök nicht mehren. Und Loki würde nicht unter einer Schlange gefesselt werden. Gilby wurde sich bewusst, wieviel er von den Weissagungen bereits beeinflusst hatte. Bei den Gedanken fühlte er sich deutlich besser.

Ihm fiel auf, dass auch Frigg grübelnd vor sich hinschaute.

„Was überlegst du?", traute er sich zu fragen.

„Ich blicke auch in die Zukunft", antwortete Frigg. „Ich behalte aber für mich, was ich sehe und spinne die Schicksalsfäden."

Gilby war baff. „Dann kannst du die Zukunft beeinflussen, im Gegensatz zu den Nornen?"

Frigg schmunzelte. „Oh nein, so einfach ist es nicht. Ich spinne nur die Fäden und übergebe sie den Nornen, die sie verweben."

Gilby wuschelte sich den Schopf. „Das verstehe ich nicht. Die Nornen sagten, sie sehen nur."

„So ist es auch. Aus meinen Fäden verweben sie ihr Bild und das ergibt am Ende ihre Prophezeiung."

Gilby war überfordert. „Aber du kannst doch nicht so etwas Schlimmes wie Balder Tod oder Ragnarök spinnen?"

„Natürlich mache ich das nicht", beruhigte Frigg den Jungen. „Meine Fäden sind das Gute für die Schicksale der Lebewesen. Wenn die Nornen sie verweben, ergeben sie leider oft etwas anderes. So wie für Balder. Deswegen konnte ich selbst Balders Tod bisher nicht sehen."

„Vielleicht auch deshalb nicht, weil sein Tod gar nicht eintreten wird", ergänzte Gilby.

„Vielleicht", stimmte Frigg zu. „Ich werde trotzdem achtsam sein und danke dir, dass du mir die Weissagung mitgeteilt hast."

Frigg brachte Gilby zur Tür. Draußen wartete Odin ungeduldig.

„Erfahre ich jetzt auch endlich mal, was los ist?", maulte er.

„Es ist nicht wichtig", antwortete Frigg. Sie wusste genau, dass Odin der Prophezeiung glauben und nur Unruhe verbreiten würde.

„Das ist wieder typisch für dich. Nichts erzählst du mir", schimpfte der Ase.

„Dafür hab ich gute Gründe", antwortete Frigg gelassen.

Odin und Gilby verließen den Palast durch dieselben Räume.

„Erzähl du es mir!", befahl der Gott forsch.

„Es ist nichts. Ich habe mich geirrt", entgegnete Gilby. Er fand, damit noch nicht einmal gelogen zu haben.

Plötzlich wurde eine Tür aufgerissen. Thialfi und Röskva rannten hinein, dahinter folgten Thor und Sif. Röskva hüpfte um Gilby herum.

„Wir waren bei meinen Eltern. Sie haben sich so gefreut und wir auch. Sif hat Getreide wachsen lassen, überall sind jetzt Hafer-, Gersten- und Roggenfelder. Thor hat ihnen Ziegen und Hühner gebracht. Und ein Pferd und einen Karren. Und Goldtaler", sprudelte es aus Röskva heraus.

„Das ist aber schön", freute sich Gilby mit dem Mädchen.

Dem Donnergott tuschelte er zu: „Warum nicht gleich?"

„Aber ihr wollt trotzdem weiter Thor begleiten?", fragte er Thialfi und Röskva.

„Meine Schwester wollte erst nicht, weil es mit Thor manchmal so gefährlich ist und sie dann Angst hat", antwortete Thialfi. „Aber ich konnte sie umstimmen. Wir lernen ja viel von Thor und lernen die Welt kennen. Thor hat uns auch versprochen, unsere Eltern regelmäßig zu besuchen."

Gilby war doch verblüfft über diese wundersame Veränderung des Donnergotts.

„Ich werde darauf achten, dass mein Gemahl sein Versprechen hält", versprach Sif.

„Wie auch immer, ich bin hungrig und durstig und hoffe, die Tafel ist gedeckt", verkündete Thor und stapfte davon. Thialfi und Röskva folgten ihm.

„So, ich habe deine Forderungen erfüllt. Thor hat seine Aufgabe erledigt und den Schaden behoben, ich habe dich zu den Nornen und zu Frigg geführt. Jetzt bist du dran, Nordjunge", befahl Odin.

„Ja ja, schon gut", winkte Gilby ab. „Ich werde den Eid ablegen. Aber nicht jetzt. Ich möchte erstmal nach Hause zu meiner Mutter. Du kannst derweil alles für den Eid vorbereiten. Und vergiss Forseti nicht", fügte er leicht zynisch hinzu.

„Es wird schnell gehen, das Thing für den Eid einzuberufen. Halte mich nicht zu lange hin", warnte Odin.

Gilby eilte auf die Hütte zu. Seine Mutter melkte gerade eine Ziege.

„Sirid", rief er. „Ich bin zurück."

Seine Mutter sprang so schnell auf, dass der Melkschemel umfiel und die Ziege erschrocken beiseite sprang.

„Gilby", rief sie, während sie ihrem Sohn entgegen lief und ihn überglücklich in ihre Arme schloss. „Ich bin so froh, dass du gesund zurück bist."

„Ich freue mich auch, wieder hier zu sein und dich gesund zu sehen."

„Als ob ich es geahnt hätte, habe ich eine Suppe gekocht und Brot gebacken", freute sich Sirid. „Komm erstmal rein und lass uns essen. Du wirst hungrig sein. Und dann erzählst du mir alles."

Gilby berichtete bei der leckeren Speise von seinen Erlebnissen, die seine Mutter wissen durfte. Von dem Kampf mit dem Kraken im Nordmeer erfuhr sie nichts, erst recht nicht, dass er sich in den Klauen des Garm befand und dem Tod ins Gesicht sah. Es würde sie zu sehr beunruhigen, da er wusste, sie abermals verlassen zu müssen.

Die folgenden Tage saß Gilby oft nachdenklich am Ufer des Nordmeeres. Er musste seine Gedanken sortieren und eine Entscheidung treffen. Odin würde nicht lange auf sich warten lassen.

Konnte er sein Versprechen, Fenris zurück zu holen, noch beeiden? Wollte er es überhaupt? Sein Begehren war ein anderes als das der Götter. Was die Nornen ihm über Ragnarök erzählt hatten, bereitete ihm Sorgen, auch wenn der Weltenbrand noch weit entfernt war. Balders Tod, der alles beschleunigen sollte, würde wohl nicht eintreten. Doch da waren noch die vielen anderen Geschehnisse, die Ragnarök herbeiführen würden. Und Odin war nicht im Geringsten gewillt, etwas zu ändern. Stur hielt er an der Prophezeiung fest. Nur um Recht zu behalten? Wie oft war Gilby von ihm und anderen belogen worden. Jetzt begriff er die Worte der Norne Skuld, dass die Menschen kein Vertrauen mehr in die Götter haben konnten.

Aber er kannte längst noch nicht alle Götter und Göttinnen. Sie konnten doch nicht ausnahmslos so sein? Zum Eid am Thing würden alle erscheinen. Eine Idee keimte in Gilby auf.

Schon bald kamen Hugin und Munin angeflogen und setzten sich auf Gilbys Schultern. Beide krächzten ihm in die Ohren.

„Ah, nicht beide gleichzeitig", rügte Gilby die Raben. „So verstehe ich kein Wort."

Nun krächzte nur noch Munin. Gilby lauschte angestrengt. Er solle sich zum Thing begeben, meinte er zu verstehen und wiederholte die Botschaft mit Worten. Beide Raben flatterten zustimmend mit den Flügeln.

„Sagt Odin, ich werde morgen früh aufbrechen."

Gilby ging zurück in die Siedlung. Seine Mutter würde traurig und besorgt sein, dass er sie schon wieder verlassen musste.

Am Thing

Am nächsten Morgen machte Gilby sich auf den Weg zum Weltenbaum. Sirid hatte ihren Jungen wie immer gut versorgt. Sein Bündel hing an einem langen Stock, den er sich über die Schulter legte.

Die Gottheiten waren bereits versammelt, als er Yggdrasil erreichte. Gesehen hatte er sie alle schon, als er das erste Mal den Eid ablegte. Aber die meisten kannte er nicht.

Auch Frigg war dort. Zu ihrer Rechten befand sich ein Mann von leuchtender Schönheit. Das musste der Lichtgott Balder sein. Links neben der Göttin stand ein jüngerer Mann, der fast ebenso anmutig aussah. Gilby vermutete, dass es Forseti war.

Odin forderte Gilby auf, in den Thing zu treten. Gilby lehnte ab. Ein Raunen ging durch die Menge.

Odins Gesichtsfarbe änderte sich. „Was denkst du dir jetzt schon wieder dabei?", brüllte er. „Du hast versprochen, den Eid abzulegen, wenn deine Forderungen erfüllt sind."

„Ich sagte es dir nur zu. Versprochen habe ich es nicht", entgegnete Gilby. „Inzwischen habe ich zu viel von Skuld über Ragnarök erfahren. Du warst dabei."

„Hier geht es nicht um Ragnarök, sondern um den Fenriswolf. Schon vergessen, Nordjunge?", schimpfte Odin.

„Für mich geht es nur noch darum, dass du Ragnarök weiter zu schüren gedenkst."

Odin schnaubte wütend. Was bildete sich dieser Nordjunge ein, ihn vor allen anderen bloß zu stellen?

Frigg trat auf ihren Gatten zu und legte ihre Hand besänftigend auf seinen Arm.

„Lass den Jungen sprechen. Hören wir uns an, was er zu sagen hat."

„Was soll er groß zu sagen haben? Dieser Kindskopf faselt nur dummes Zeug."

„Ich glaube, mein lieber Gemahl, der größere Kindskopf bist du."

Frigg wandte sich Gilby zu. „Sprich, mein Junge."

Gilby holte Luft, um zu beginnen, als etwas in seinem Ohr krabbelte.

„Ja, sprich, Gilby. Ich bin auch hier und äußerst gespannt."

Verdammt, was wollte Loki hier? Nach der Weissagung um Balders Tod war Gilby auf den Feuergott gar nicht gut zu sprechen. Doch er durfte sich nichts anmerken lassen und sammelte sich. Die Asen schauten ihn schon fragend an und erstes Gemurmel ging durch die Reihen.

Gilby holte erneut Luft. „Du hast doch selbst Skulds Worte vernommen, Odin. Ihr Götter leitet Ragnarök ein, genauer gesagt du. Denn du bist der Allvater und stehst über allen. Du bist derjenige, der alles wissen und alles haben will. Mit deiner schändlichen Tat an Gullveig hast du es gezeigt. Nur um zu erfahren, wie sie an so viel Gold kam. Als hättest du nicht selbst genug. Du eröffnetest den Krieg zwischen Asen und Wanen. Seitdem ist nichts mehr, wie es war."

„Woher willst du das wissen? Du warst noch gar nicht da", schimpfte Odin.

„Ich hab genug gehört. Von Njörd. Von den Nornen. Und wurde selbst oft genug von dir belogen. Wie sollen die Menschen solchem Gott noch vertrauen?"

„Ich muss mir dieses Geschwätz nicht anhören."

Odin war sichtlich aufgebracht und klopfte immerzu mit Gungnir auf den Boden.

Gilby schaute in die Runde.

„Ich kenne euch nicht alle", fuhr er fort. „Und glaube auch nicht, dass ihr alle an Odins Machenschaften beteiligt seid."

Ihm fiel eine zierliche Asin in einem priesterlichen Gewand auf. In ihren Händen hielt sie eine weiße Lilie. Vollkommen unbeteiligt blickte sie verträumt in die Ferne. Gilby schritt in ihre Nähe, ohne jedoch das Thing zu betreten.

„Wer bist du?", fragte er.

„Pah, da hast du dir gerade die Richtige ausgesucht", krakelte Odin dazwischen.

„Schweig", rügte Frigg ihren Gatten.

„Mein Name ist Snotra", sagte die Asin zu Gilby.

„Was bist du für eine Göttin?"

Snotra senkte verlegen den Kopf.

Frigg antwortete für sie: „Snotra ist die Göttin der Klugheit, Tugend und Sittsamkeit. Sie gehört zu meinem Gefolge und ich verehre sie. Sie ist sehr weise, dabei zurück haltend und bescheiden."

„Könnte sich Odin ein paar Scheiben von abschneiden", plumpste es Gilby aus dem Mund.

„Ich warne dich, Nordjunge. Nimm dir nicht zu viel heraus", brüllte Odin.

Gilby wandte sich weiter Snotra zu. „Heißt du es gut, dass Odin Gefallene zu Kriegern in Walhalla heranzüchtet?"

„So darfst du nicht fragen. Er sollte es nicht wegen Ragnarök machen. Wenn sie aber zu Lebzeiten in den Kampf ziehen müssen, nimmt ihnen die Aussicht auf Walhalla die Angst vor dem Tod", antwortete Snotra ruhig.

„Es sollte erst gar nicht Kämpfe geben", sinnierte Gilby.

Snotra nickte und betrachtete versunken ihre Lilie.

Gilby wollte noch etwas fragen, doch Frigg verhinderte dies.

„Lass sie. Snotra hält sich aus allem raus. Sie ist mit dem glücklich, was sie hat. Und das ist Stille und Natur. Mehr braucht sie nicht."

Gilby verzichtete darauf, weitere Gottheiten zu befragen. Stattdessen sprach er die Masse an und packte aus, was er wusste. Besonders ausführlich schilderte er die Fesselung des Fenriswolfes, wie er den Wolf befreite und dieser sein Leben am Gjöll rettete.

„Odin setzte Fenris jahrelange Qualen aus. Tyr verlor seine Hand, denn der Wolf hatte ihm vertraut. Jetzt verlangt Odin von mir den Eid auf mein Versprechen, den Wolf zurück zu bringen. Deshalb seid ihr alle hier versammelt. Aber ich vertraue dem Allvater nicht mehr. Er wird noch Schlimmeres anrichten und uns Ragnarök näher bringen. Er sollte lieber darüber nachdenken, wie der Weltenbrand noch zu verhindern wäre. Und damit hat Fenris nicht das Geringste zu tun", schloss Gilby und ließ den Anwesenden Zeit, etwas nachzudenken.

Er schrubbelte sich am Ohr, damit die Fliege aufhörte, ihn zu kitzeln.

„Ihr solltet darüber abstimmen, ob es wirklich hilfreich ist, den von Odin geforderten Eid abzulegen. Was nützt ein Eid, wenn alles Unheil weiter geht?"

Odin schnaubte ungehalten und fuchtelte mit Gungnir herum. Frigg ermahnte ihn, den Speer weg zu stecken.

Der Ase kümmerte sich nicht darum und fuhr Gilby wütend an: „Was bildest du dir ein, wer du bist, am Thing Spielregeln aufstellen zu wollen?"

„Es wäre nicht nötig, wenn du dein fehlerhaftes Verhalten endlich mal einsehen würdest", wetterte Gilby zurück. „Schon vor einem Winter sagte ich, dass es an dir liegt, Ragnarök zu verhindern statt voran zu treiben."

„Ragnarök, Ragnarök. Du willst es wohl nicht verstehen. Ragnarök wird eintreten. So will es die Prophezeiung."

„*Du* willst es, Odin. Weil du Recht behalten willst."

„Ich sage dir mal was, Bürschchen…"

„Schluss jetzt", fuhr Forseti dazwischen. „Ich dulde solche Streitereien im Thing nicht."

„Ich stehe außerhalb und sage was ich will", bockte Gilby.

„Du bist gut", surrte es in Gilbys Ohr. „So kenne ich dich gar nicht."

Odin verprügelte mit Gungnir einen Findling. „Du erwartest nicht ernsthaft von mir, dass ich mir das bieten lassen", motzte Odin jetzt auch Forseti an.

„Steck endlich dein Speer weg und schweig einfach still, Großvater", befahl Forseti.

„Du Grünschnabel hast mir gar nichts zu sagen", wetterte Odin weiter.

„Den Vorsitz im Thing habe ich, nicht du", antwortete Forseti ruhig, aber bestimmt. „Deswegen bitte ich dich um Ruhe."

Tatsächlich hörte Odin auf zu schimpfen und überließ seinem Enkel, wenn auch widerwillig, das Wort.

„Ich sehe keinen Grund, dem Jungen einen Eid abzuverlangen. Das wäre ohnehin gegen seinen Willen und entspricht nicht dem Sinn eines Eides, dessen Erfüllung mit allen Konsequenzen zu tragen ist. Den Eid vor einem Winter habt ihr, Uller und Tyr, unrechtmäßig abgenommen. Gilby tat gut daran, den Ring zurück zu geben. Damit sollte diese Angelegenheit bereinigt sein." Dabei blickte Forseti Uller scharf an.

„Heute wird kein Eid mehr abgelegt werden. Ich löse die Versammlung auf", schloss Forseti.

„Das nehme ich nicht hin", brüllte Odin. „Der Junge hat den Wolf eigenmächtig befreit und ich verlange, dass er ihn zurück bringt. Niemand verlässt das Thing, bevor das nicht geklärt ist."

„Vielleicht war es wirklich nicht recht, Fenris an Gleipnir zu binden", wandte Tyr ein.

Odins Augen trafen Tyr wie ein Blitz. „Du wagst es auch, dich gegen deinen Vater zu stellen? Ausgerechnet du, der du genau wusstest, dass Fenris Gleipnir nicht würde lösen können? Und sein Vertrauen erheischtest, indem du deine Hand in sein Maul legtest?"

„Gib's ihm", hörte Gilby die Fliege. „Odin verdreht die Tatsachen und bringt alles durcheinander."

Gilby reagierte prompt: „Und du, Odin, hast tatenlos zugeschaut. Du wusstest, dass Tyr seine Hand verlieren würde und hast dies sogar noch gebilligt. Du bist nicht nur ein schlechter Gott, sondern ein noch schlechterer Vater."

„Perfekt", summte es in Gilbys Ohr.

Odin japste nach Luft, Zornesröte schmückte sein Gesicht und wütend hieb er mit dem Speer um sich.

„Das muss ich mir von dir nicht sagen lassen. Sieh dir meine Söhne an, die hier versammelt sind. Dort Bragi, dort Hödur, dort Hermod, dort Vidar und Heimdall." Dabei wies Odin mit Gungnir auf die

Söhne. „Alle sind gut geraten und haben beste Fähigkeiten."

Odin zeigte mit dem Speer auf Balder. „Und dort mein Sohn Balder. Niemanden wirst du finden, der ihn nicht verehrt. Niemanden! Und du wagst es, mir ins Gesicht zu sagen, ich wäre ein schlechter Vater?" Gungnir zeigte immer noch auf Balder und glitt aus Odins Hand. Der Ase versuchte, hinterher zu fassen, doch es war zu spät. Gungnir flog auf Balder zu und stach durch Brust und Rücken. Der Lichtgott riss entsetzt die Augen auf. Gungnir löste sich eigenständig und kehrte in die Hand seines Besitzers zurück.

Blut sickerte aus Balders Wunde und bildete auf dem heiligen Boden des Things eine Pfütze. Der Lichtgott sackte zusammen und blieb in seinem Lebenssaft liegen. Er zuckte noch einmal, dann starb er.

Schreiend fielen Frigg und Balders Frau Nanna vor dem toten Lichtgott auf die Knie, aus der Menge drangen Schreie des Entsetzens, Odin stand wie gelähmt und starrte ungläubig auf sein blutverschmiertes Speer.

„Dumm gelaufen", wisperte es in Gilbys Ohr.

„Verschwinde", zischte Gilby zurück. Er konnte nicht fassen, was gerade geschehen war und wandte sich ab. Niemand beachtete den Jungen mehr.

Mechanisch entfernte sich Gilby von Yggdrasil. Die klagenden Laute wurden leiser.

„Gräme dich nicht. Es war nicht deine Schuld", hörte er es wieder im Ohr.

„Du sollst verschwinden", wiederholte Gilby. „Ich will nicht mit dir reden."

„Das ist bedauerlich. Wir werden sicher noch einiges miteinander zu tun haben", prophezeite Loki.

„Gar nichts will ich mit dir zu tun haben. Mit niemanden von euch."

Ein Eichhörnchen flitzte Gilby vor die Füße und sprang ihm auf die Schulter.

„Ratatöskr. Du fehlst mir gerade noch", nuschelte Gilby lahm.

„Jetzt fällt mein Baum bald. Und du bist schuld", keckerte Ratatöskr.

„Ich weiß", erwiderte Gilby traurig.

„Lass dir von dem Lügenhörnchen nichts einreden", surrte die Fliege.

„Verflucht noch mal. Lasst mich doch beide in Ruhe und verschwinde endlich aus meinem Ohr."

Gilby war nicht in der Stimmung mit einer Fliege im Ohr und einem Eichhörnchen auf der Schulter nach Hause zu gehen.

Loki nahm seine wahre Gestalt an und scheuchte Ratatöskr fort. „Geh zu deinem Baum und ärgere Nidhögg und den Adler."

Keckernd sprang das Eichhörnchen davon und Loki setzte seinen Weg neben Gilby fort.

„Bist du verrückt? Wenn dich jemand sieht", warnte Gilby den Feuergott.

„Ach, du bist besorgt um mich?", stellte Loki zynisch fest. „Aber reden willst du nicht mit mir?"

„Ich möchte allein sein."

„Trifft dich Balders Tod so hart? Du kanntest ihn doch gar nicht."

Gilby antwortete nicht.

Loki ließ nicht locker. „Ich verstehe es ja. War sicher schlimm für dich, das mit ansehen zu müssen. Der schöne Lichtgott Balder, von allen geliebt und verehrt, und dann getötet von eigenem Vater."

„Gar nichts verstehst du", fuhr Gilby den Feuergott an. „Ich habe alles nur noch schlimmer gemacht."

„Schlimmer als was?"

„Ich hätte nicht in die Prophezeiung eingreifen dürfen. Dann wärst du für Balders Tod verantwortlich gewesen."

Loki legte den Kopf schief. „Wie soll ich das verstehen?"

Gilby schaute Loki an. Tat er so ahnungslos und wusste er tatsächlich nichts von der Weissagung? Aber Loki blickte verwundert. Gilby erzählte ihm, was Skuld sah, dass er Frigg eingeweiht hatte und sie ihm sagte, dass die Weissagung nicht mehr so eintreten kann. Dabei wurde Gilby wieder bewusst, wie verwirrend das alles war.

Loki stieß einen Pfiff aus. „Jetzt kapiere ich. Du glaubst ernsthaft, zu so etwas wäre ich fähig? Du enttäuscht mich. Ich dachte, du kennst mich besser. Außerdem, was hätte ich davon? An Ragnarök werden Heimdall und ich uns gegenseitig töten. So ist es zumindest prophezeit. Wir waren uns doch einig, oder? Ich möchte Ragnarök ebenso wenig wie du. Was ist mit dir passiert, Gilby?"

„Du verstehst nicht. Wir können die Prophezeiung nicht ändern. Sie sah Balders Tod vor, der jetzt noch schlimmer eingetreten ist."

„Tot ist tot", erwiderte Loki. „Eine Steigerung gibt es nicht."

Gilby ignorierte die Bemerkung.

„Ich mache mir Vorwürfe, Loki. Odin hat Recht. Man kann und darf nicht in die Prophezeiung eingreifen. Ich hätte auf ihn hören müssen. Er ist der Allvater. Ich bin nur ein kleiner Nordjunge und hab den Streit provoziert. Ich fühle mich schuldig an Balders Tod. Und wenn Ragnarök deswegen kommt, ist es auch meine Schuld."

„Gilby, Gilby. Ich verweile schon hunderte Winter in dieser Welt, bin viel herum gekommen und habe noch nie erlebt, dass ein Mensch, dazu noch ein so junger, die Gebaren der Götter hinterfragt und sich mutig dagegen aufgelehnt hat. Hätte ich einen Hut, würde ich ihn vor dir ziehen. Gib nicht dir die Schuld. Falsche tadelhafte Pfade errichteten andere vor langer Zeit. Gehe du keine gedanklichen Irrwege. Denke in Ruhe darüber nach. Ich lasse dich jetzt alleine. Wir sehen uns wieder. Davon bin ich überzeugt."

Gilby sah der Fliege nach, bis sie aus seinem Blickfeld verschwunden war.

Gedankenverloren setzte er den Heimweg zu seiner Mutter Sirid fort.